KB059228

쌍성의 천검사

HEAVENLY SWORD OF TWIN STARS

서수봉의 장자, 비응이라 하옵니다!

호청년
서비응 (徐飛鷹)
【영】제국이 자랑하는 삼장(三將), 서씨 가문의 장남.
【서동】침공전에서 첫 출진을 했지만,
아버지는 전사. 대패를 경험했다.

282 265 208 141 079 020 003
후 종 제 제 제 제 서
기 장 4 3 2 1 장
　 　 장 장 장 장

CONTENTS

Heavenly sword
Of twin stars

……감기 걸리면 안 되니까요.

백성(白星)을 계승한 자
장백령(張白玲)

변경을 지키는 명문의 영애이며
어린 시절부터 문무에 고루 재능을 드러낸 소녀.
용모가 단정하며, 성격도 성실하고 자비롭다.
평소에는 강직하지만,
척영에게만 떼를 쓰며 어리광을 부린다.

자자~ 얼른 두셔야죠? 장척영 님.

가련한 신산의 군사
유리 (瑠璃)

선낭(仙娘)을 자칭하는 소녀.
명령과 아는 사이이며, 전설의 【천검】을 찾아냈다.
빼어난 「관찰안」과 「군략」을 가지고 있지만,
전쟁 자체는 싫어한다.

역시 너는 【황영】에 미치지 못한다.

백귀
아다이 다다

척영의 나라인 영 나라와 전쟁 중인 적국,
현 나라의 황제.
외모는 소녀 같지만,
전술 전략에 무시무시한 재능을 가졌다.
7년 전, 전장에서 제위를 이어 아직까지 불패.
전생에서는 영봉과 함께
천하통일을 눈앞에 두고 있었다.

내가 왔다! 아다이 다다!!!!!
각오하거라!!!!!!!!!!

【호국】
장태람
척영을 거둔 백령의 아버지.
【영】제국 북방을 수호하는
당대에 손꼽히는 명장.

——……봤구나?
내 얼굴을,
내 머리칼을,
내 눈동자를……——.

의문의 소녀
연(蓮)

의문의 소녀.
평소에는 여우 가면으로 얼굴을 가리고,
너덜너덜한 외투를 머리부터 쓰고 있다.

등장인물

척영 (隻影)
전생한 영웅

장백령 (張白玲)
명문의 영애

왕명령 (王明鈴)
대상인의 딸

유리 (瑠璃)
자칭 선낭이자 군사

장태람 (張泰嵐)
구국의 명장

아다이
천하통일을 노리는
현(玄) 나라의 황제. 괴물

세우르
회랑(灰狼).
현 제국의 젊은 맹장

기센
현 제국 최강의 용사

하쇼
현 제국이 자랑하는 군사

쌍성의
천검사

HEAVENLY SWORD OF
TWIN STARS

서장

"도착했다. 서씨 가문의 도련님. 들어가라."

"…………."

장년의 간수가 차갑게 재촉하여, 나── 서비웅은 고개를 들었다.

눈을 부릅뜨고, 공포와 굴욕에 이가 부딪혔다.

그곳은 어슴푸레한 지하 감옥. 살찐 쥐가 바닥을 달려갔다. 냄새가 지독하다.

【영】제국 남방을 오래도록 수호해온 서씨 가문의 장자가, 끌려올 장소가 아니다.

지난해 시행된 우방국【서동】에 대한 침공전에서, 내 아버지【봉익】서수봉은 전사했다.

나 자신도 대하 이북을 지배하는【현】제국, 그 최강의 맹장【흑인(黑刃)】의 추격을 받아 참패를 면하지 못했다 하나…… 이러한 굴욕은!

강한 분노로 몸이 떨리고, 손의 밧줄을 끊어버리고자 저항했다.

그러나, 건장한 간수들에게 돌바닥에 깔아뭉개져 곤봉과 발길질이 날아왔다.

"크헉!"

"……번거롭게 하지 마라."

격통으로 의식이 끊어질 것 같았을 때, 장년의 간수가 말하는 목소리가 멀리서 들렸다.

구타는 멈췄지만—— 나는 지하 감옥에 갇혀 버렸다.

단검이 밧줄을 끊어내고, 작은 창이 달린 금속 문이 소리를 내며 닫혔다.

"콜록콜록…… 허억, 허억, 허억…………."

떨리는 손으로 땅을 기었다. 예복의 소매가 선혈로 지저분했다.

——서동 침공전이 무참한 실패로 끝난 뒤, 나는 몇 안 되는 생존 병사들과 함께 서씨 가문의 본거지인 남역의 중심도시 『남사(南師)』에 간신히 귀환했다.

어머니와 조부모님은 따스하게 맞이해 주었고, 겨울 동안 몸과 마음의 상처를 치유할 수 있었지만……. 지난 달에 도읍에서 온 황제의 진인이 찍힌 소환장을 떠올렸다.

『난양의 회전에서 서수봉과 우상호는 혈기를 주체 못 하고 돌격. 전군 패주의 발단이 되었다.』

『서비응은 후퇴전에서 대패를 하고, 수많은 장병을 죽게 만들면서, 본거지인 남사로 도망쳤다.』

『서둘러 임경에 출두하여, 패전의 보고를 하라. 출두하지 않는다면 반란을 획책한 것으로 간주한다.』

지금 떠올려봐도, 오싹하리만치 사실과 다른 문언이었다.

『가선 안 된다. 우선 서역의 우씨 가문, 북역의 장씨 가문과 잘 상담하라.』

어머니와 가족들이 그렇게 말하며 말렸지만, 아버지께서 돌아가신 지금 집안을 짊어질 수 있는 것은 나밖에 없다.

그 신념으로 서씨 가문 당주로서, 수도『임경』에 출두한 것인데…….

문밖에서, 장년의 간수가 지친 어조로 말을 걸었다.

"……너한테는 동정이 간다. 우리 같은 간수들 귀에도, 【호국】과 비견되는 【봉익】과 【호아】의 무명(武名)은 들리니까. 이번 일도 도무지 믿을 수가 없지. 그러니까…… 부탁한다. 날뛰지 말라고. 날뛰면 우리는 너를 더 괴롭혀야 하니까."

격정이 가슴 속에서 휘몰아쳤다.

고통을 무시하고 문을 주먹으로 때리자, 벽의 미약한 등불이 흔들렸다.

"내 아버지는── 서수봉은 【서동】의 수도, 난양의 땅에서 부끄러운 싸움 따위 하지 않았다! 진 것은 부재상 임충도가 겁을 먹고 지휘를 방치한 데다가, 금군 원수였던 황북작이 서두른 탓이다! 아버지와 우 장군은 마지막의 마지막까지 용감히 싸우셨다! 그런데 어째서! 충도와 살아남은 북작이 벌을 받지 않고, 아버님들의 죽음을 욕보이며, 서씨 가문과 우씨 가문이 권익을 빼앗겨야 하는 것이냐?! 처벌이라면…… 후퇴전에서 패배한 나만 받아야 한다!!!!!"

"…………."

간수는 말이 없고, 발소리가 멀어졌다.

고통스러운 몸을 이끌어, 돌벽에 등을 기댔다.

"……어째서, 왜, 이런 일이…….″

오열과 눈물이 흘러 떨어지고, 내 무릎을 적셨다.

양손으로 얼굴을 감싸고—— 절망적인 상황에서도 희망을 잃지 않고, 죽음이 만연한 난양의 전장에서 나와 서가군을 구해준 흑발홍안의 소년과 은발창안의 소녀의 얼굴이 떠올랐다.

『비응! 우리랑 같이 와라!!』

『비응 씨! 우리들과 함께 가요!!』

그때 장가군과 함께 추격해오는 적의 척후부대를 일축한 다음, 시시한 체면을 고집하지 않고 헤어지지 않았다면…… 아버지를 친【흑인】의 추격으로, 난양의 전장에서 살아남은 부하들을 더욱이 죽게 하지 않았을지도 모른다.

회한과 나약한 마음이 나를 덮쳐, 너덜너덜해진 양손으로 얼굴을 감쌌다.

"척영 공, 백령 공……… 아버지! 저는, 저는 어떻게 해야……."

당연하지만 대답하는 자는 아무도 없었다.

판관이 구체적인 처벌 내용을 말해주진 않았지만, 변명도 용납되지 않고 이런 지하 감옥에 처박힌 것이다. 어떻게 될지는 바보라도 알 수 있다.

"가엾구나, 서비응."

"!"

차가운 남자의 목소리가 귓가를 때렸다.

어디선가 들어본 적이 있는 것 같은데…… 안되겠다. 답을 끌어낼 수가 없다.

"……뭐 하는 놈이냐."

경계감을 드러내며 짧게 물었다.

그림자의 크기로 봐서, 방금 전의 간수들 중 한 명은 아니다.

"그 물음에 의미는 없지만…… 그렇군. 굳이 말하자면, 나는 너의 이해자야."

"……이해자, 라고?"

의문스럽게 말을 되풀이했다. 패전의 책임을 떠맡아, 죽음이 눈앞인 내 이해자?

문 가까이에 남자가 다가와, 담담하게 말했다.

"난양의 회전에서 서가군과 우가군은 용맹하게 싸웠다. 총지휘를 해야 할 부재상은 결전장에 나서지도 않고, 투석기의 일제사격과 【서동】의 중장보병에게 금군이 유린되고서도, 북방의 마인(馬人) 놈들에게 한 걸음도 물러서지 않았어."

침공군 총지휘관이었던 부재상 임충도와 무모한 돌격을 명한 금군 원수 황북작.

결코 잊을 수 없는 증오의 대상이다. 입술을 깨물었다.

"패색이 짙은 전장에서도, 【봉익】과 【호아】는 병사를 고무하여, 용맹하게 싸운 끝에 쓰러졌다. 최종적으로는 패배하였다지만—— 아니, 그렇기에! 그 이름은 찬란하게 빛나고 있지. 나와 같은 마음을 가진 자가 보기에, 비겁하고 게으르며, 질투만 드러낸 부재상과 금군 원수가 살아 돌아온 것은, 너무나도 얄궂은 일이라 할 수 있어."

"……마음을 가진 자?"

이 『임경』에도 사람은 있다, 라는 것인가?

당혹하는 가운데, 남자가 다가왔다. 얼굴은 아직 안 보인다.

"서비응, 너는 이대로 가면 죽는다…… 처형된다. 패배의 책임을 떠안고서. 그뿐 아니라, 서씨 가문과 우씨 가문도 권익을 빼앗겨, 언젠가 파멸하겠지."

"말도 안 된다! 그, 그러한 일이 일어나면…… 국경의 안녕이 붕괴할 터!!"

양가는 많지 않은 전력으로 영 제국의 남방과 서방을 간신히 억눌러왔다.

그 족쇄가 풀리게 되면, 만족과 반란 분자도 움직인다.

머지않아 【현】의 남진이 일어난다. 그때 대륙을 남북으로 꿰뚫은 대운하의 연결부이며, 임경과도 이어져 있는 『경양』으로 우씨 가문과 서씨 가문이 증원을 보내지 않으면…… 【장호국】님, 그리고 척영 공과 백령 공이 있더라도 패배는 필연.

남자가 가슴을 강하게 두드렸다.

"그러나── 내가 너를 죽게 두지 않는다! 부디 믿어다오."

그때 생각났다.

간수들을 물리고, 위험을 범하면서까지 이런 장소에 올만한 것은.

"……당신은 혹여 노재상 각하의?"

영 제국의 재상, 양문상 님.

돌아가신 아버지나 우 장군, 장태람 님── 다시 말해 【삼장(三將)】과 비견되는 국가의 주춧돌이다.

서동 침공에 마지막까지 반대하셨다는 재상 각하의 신하라면,

나에게 접촉을 하는 것도 이상하지는——.

"큭큭큭."

감옥 안에 홍소가 울려 퍼졌다.

나는 경계심을 드러내며 물었다. 등불에 몰려드는 나방을 도롱뇽이 사냥하는 게 보였다.

"뭐가 우습지?"

"아아——. ……서씨 가문의 자식이여. 너는 역겨운 정치의 세계를, 양문상의 무시무시함을 모른다."

발소리가 더욱이 다가와 문 옆에서 정지했다.

철창을 손가락으로 몇 번인가 두드리고, 즐거운 기색으로 입을 열었다.

"너의 임경 소환에 강권을 휘두른 것은 노재상이야. 부재상이 그렇게 하도록 유도해서, 말이다."

머리부터 발끝까지 벼락을 맞은 것 같은 충격.

몸이 멋대로 떨리고, 사고가 흐트러졌다.

"큭?! 거, 거짓말이다! 그, 그분이 그러한 일을 하실 리가……."

"그렇지 않다면, 【봉익】과 군의 정예를 잃고 소란의 조짐마저 있는 남사에서, 서씨 가문의 차기 당주를 이러한 시기에 누가 불러들인단 말인가? 소환장에는 황제 폐하의 진인도 있었을 터. 그것을 부추길 수 있는 인간은 자연히 한정된다. 옳고 그름을 태연하게 아우르지 못하면, 대국의 재상 따위 맡을 수 있을 리 없지 않은가? 네 아버지와【호아】우상호의 죽음은『통치의 도구』로 쓰인 것이다── 권력의 중앙 집권화를 진행하기 위해서. 놈은『경양』과 대운하 북방에 대하여 강화(講和)마저도 획책하고 있는 모양이던걸?"

"거, 거짓말이다! 그런 일을…… 믿을 수 있을 것 같은가!!"

정치 투쟁이나 유흥에 빠져 있는 도읍 놈들.

그런 가운데 노재상 각하는 장 장군, 아버지나 우 장군이 신뢰하는 몇 안 되는 분이다.

……그런데, 나를 도읍으로 불러들여 붙잡았다고?

사고가 흐트러져, 정돈되지 않는다.

문의 작은 창에서 여우 가면으로 눈가를 덮은 남자가 들여다보고, 등을 돌렸다.

오늘 몇 번째인지 모를 충격을 받고, 나는 고통마저 잊고서 일어섰다.

"기, 기다려라! 너는 부재상의 심복이라는 전조──."

"또 오지. 다시 한번 말해두지만, 나는 네 편이다. 반드시 그 감옥에서 꺼내주마."

*

한밤중의 시간을 나── 대륙의 역사를 뒤에서 조종하는 비밀 조직『천호(千狐)』에서 영으로 보낸 전조는 걸었다. 아침이 오기 전에 어리석은 부재상의 저택으로 돌아가야지.

싸늘하고 거대한 공간에 보이는 것은 용과 봉황이 새겨진 돌기둥과 판관들이 앉는 자리.

여기는 재판부다.

지금까지 수많은 자를 단죄해온 장소다.

공기가 황궁의 다른 장소보다도 차갑게 느껴지는 것은, 그런 연유도 있──.

"…………."

나는 발길을 멈추고, 중앙에 자리잡은 상징적인 칠흑의 거암을 올려다 보았다.

언제 봐도 믿을 수 없는 크기다. 이 세상 것 같지가 않아.

──영 나라 놈들이 부르는 이름은,

"【용옥(龍玉)】이다."

"! 이것은…… 연 님."

돌기둥 뒤에서, 여우 가면을 쓰고 너덜너덜한 외투를 머리부터 뒤집어쓴 인물이 모습을 드러냈다. 황급히 한쪽 무릎을 짚었다.

……일체 기척을 느끼지 못했다.

책무를 이루지 못하면 『언제든지 나를 죽일 수 있다』라는 것인가. 볼에 식은땀이 흘렀다.

노령인 수장을 대신하여, 7년 전부터 실전의 자리에서 총지휘를 하고 있는 수수께끼의 선낭── 연 님이 바위를 만졌다. 허리에 차고 있는 이국의 칼이 소리를 냈다.

"고대에 쓰인 『제서(齊書)』에도 기록된 대륙 유수의 거암이야. 북방을 잃은 영의 위제(僞帝)가 한촌에 지나지 않았던 이 땅에서 즉위했을 때, 권위를 붙이기 위해 이용했다 들었지. 『하늘의 화신인 용이 영을 수호하고 있는 증거』라 하면서. 황궁을 건축할 때도 일부러 남기고, 이 앞에서 수많은 죄인을 처단했다 들었다. 그 탓인지, 밤이 되면 경비병들마저 다가오지 않아. 물론── 아무런 근거도 없다. 북방 『노도』의 땅에서 그 황영봉이 【천검】으로 같은 종류의 바위를 베었다 하지만…… 진실은 아니겠지."

말 한마디 할 수 없다.

어차피 나는 영이 대하 이북을 잃은 뒤, 조직에 더해진 일족 출신.

조직이 내려준 이름 전조(田祖)는 쥐(鼠)를 파자한 것.

여우에게…… 심지어, 대요호(大妖狐)에게 따르지 않으면 잡아먹힐 뿐이다. 거스를 생각조차 안 든다.

연 님이 돌아보자, 외투 안쪽의 머리칼이 살짝 보였다.

"동시에, 어느 땅에서, 어느 나라에서 살아가더라도…… 사람은 뜻밖에 그러한 것을 잘 믿는다. 사람의 손으로는 도저히 움직일 수도, 부술 수도, 하물며 벨 수도 없는 거암에 경외를 느끼는 것도 이해를 못 할 것은 없지. ──어찌 됐느냐? 서씨 가문의 어린 새는 쓸만하더냐?"

"상당히 흔들리고 있사옵니다. 오랜 시간이 걸리지는 않을 것입니다."

"……그런가."

선낭의 단정한 입술이 일그러지고, 적막함이 드러났다.

무시무시한【현】나라 황제 아다이 다다의 계략에 휘감긴, 서비응을 가엾이 여기는 것이리라.

"겨울이 지나가면―― 북방의【백귀】는 남정을 재개한다. 지난번 전쟁에서 영의 맹장, 용장은 대부분 쓸어냈다. 남은 장애물은 『경양』의 장태람. 그리고――."

연 님의 작은 손이 허리로 뻗어, 칼자루를 더듬었다.

"늙은 양문상. 지금쯤, 서씨 가문과 우씨 가문을 궁지에 몬 소심한 위제를 탓하고 있을 것이야. 지난 침공전에서 참패한 뒤, 도읍의 주민들이 수군거리고 있는『부재상과 금군 원수도 바보지만, 허가를 한 황제는 더욱 바보다!』를, 총희가 귀에 속삭였을 뿐이거늘 이리되다니. 때로는 부지런한 선인이, 게으른 악인보다도 유해한 것이지."

"……예."

영의【삼장】은 이제 모이지 못한다.

경양을 구원할 수 있는 군도 도읍에 없으며, 서씨 가문과 우씨 가문을 벌하게 되어 이반도 일어나리라.

이 나라는 이미 끝났다. 영웅【장호국】도 국면을 뒤집을 수 없으리라.

연 님이 옻칠이 된 칼집에서, 파문이 아름다운 이국의 칼을 뽑아, 내 목덜미에 대었다.

"전조. 너를 어리석고 추악한 임충도 곁에 보낸 것은, 이러한 사태가 되는 것을 수장이 내다보았기 때문이다. 지난 전쟁에서는 하쇼가 우쭐한 탓에『회랑』이 죽고 말았다. 이번 일을 성공하면 영달이 약속된다. ……동시에 실패하면."

차가운 칼날의 감촉을 의도적으로 무시하고, 나는 결의를 굳혔다.

놈이 【서동】을 조종한다면, 나는 【영】을 조종한다.

자신의 재능에 빠져 사는, 재수 없는 가짜 군사에게 본때를 보여주마.

"맹세코── 서씨 가문의 어린 새를 수중에 넣겠습니다."

"기대하마."

우아하다── 그렇게 말할 수밖에 없는 동작으로, 연 님이 칼을 칼집에 넣었다.

그리고, 경쾌하게 도약하더니 기둥을 차고 순식간에 건물의 입구로. 사람의 기술이 아니다.

"아아, 또 하나 전하는 걸 잊고 있었군."

연 님은 지면에 소리 없이 착지하더니, 어깨너머로 돌아보았다.

──달빛이 선낭을 휘감았다.

"장태람의 딸과 아들에 대한 정보를 모아두거라. 놈들은 『적랑』과 『회랑』을, 현이 자랑하는 두 마리의 『늑대』를 쓰러뜨렸다. 반드시 다음 전장에서, 장태람과 함께 【백귀】 앞을 막아설 것이야. 아다이는 성가시지만…… 천하의 통일을 이룩할 때까지, 죽어서는 안 되니까."

*

"폐하…… 묻겠사옵니다. 어찌, 죽은【봉익】과【호아】의 명예를 더럽히고, 그뿐 아니라 서비응까지 투옥하신 것이옵니까? 하물 며, 신이 대운하의 배 위에서 장태람과 회담을 하고 있는 사이에! 승복할 수 없사옵니다."

황궁 가장 깊은 곳. 황제 폐하의 침소.

본래는 남자가 들어오지 못하는 자리에서 나— 영 제국 재 상, 양문상은 주군을 힐문하고 있었다. 갓 도읍으로 돌아온 참이 라 피로를 느끼고 있지만, 그럴 때가 아니다.

촉대 너머로 안색이 창백한, 잠옷을 입은 폐하께서 변명을 하 셨다.

"무, 문상, 그리 화내지 마라. 신상필벌은 필요한 법이 아니더 냐. 내밀하게 충도의 진언이 있었다만…… 북작의 이야기도 들었 다. 회전에서 패한 것은 서가군과 우가군이라지 않느냐?"

그 자리에서 머리의 백발을 쥐어뜯고 싶어지는 것을 필사적으 로 참았다.

외척과 총신의 말을 이토록 의심하지 않으시다니……. 패전의 소식이 어지간히도 충격이 크셨던 것인가.

"……신상필벌은 분명히 필요하옵니다."

"그러면."

"하오나."

큰 소리로 가로막고, 어린 시절부터 내 자식 이상으로 정을 쏟아 키운 폐하와 눈길을 마주쳤다.

눈동자는 동요로 격하게 흔들리고, 안정되지 못했다.

"이번에는 이치에 맞지 않습니다.【서동】침공이 무참하게 실패한 것에서, 죽어간 두 장수와 서수봉의 자식에게 어떠한 죄가 있음이란 말이옵니까? 무엇을 확인하셨는지는 알지 못하옵니다만…… 벌을 내려야 할 것은, 결전장에서 지휘마저 하지 않고 임경까지 줄행랑을 친 임충도와, 무모한 돌격으로 금군의 패주를 부른 끝에, 수많은 부하를 죽게 했음에도, 살아 돌아온 황북작이옵니다! 충도가 직접 지휘한 금군이 귀환한 것은 결전에 참가하지 않아 부대가 일절 싸우지 않고, 후퇴한 것에 지나지 않습니다. 이는, 회담을 나눈 장태람에게도 다시 한번 확인하였습니다."

"…………."

폐하는 수려한 존안을 돌리고, 어색한 기색이셨다.

한 걸음 다가서며 가차 없이 말을 이었다.

"난양의 싸움과 치열한 추격을 거쳐, 『망랑협』의 싸움에서 『회랑』을 친 장가군 안에 서수봉과 우상호를 업신여기는 목소리는 전무하옵니다. 서비응은 후퇴전에서【흑인】이라 하는 현의 맹장과 교전, 패배를 한 번 겪었습니다만, 잔존 서가군을 잘 수습하여, 남사까지 귀환을 이루었습니다. 옥에 넣는 일 따위는…… 제정신으로 할 일이 아니옵니다. 두 장수의 죽음을 이유로, 양가가 가진 권익의 일부를 박탈함 또한 이반을 부르는 일! 실제로, 우씨 가문은 소환에 응하지 않았습니다."

"……그, 그것은 그럴지도 모른다만."

주군께선 말문이 막혀 어물거리신다.

아마도 부재상의 가문 출신인 총희가 감언을 불어넣어, 그것이 좋겠다고 생각하여 행동을 하신 것이리라.

……허나, 이번만큼은.

조용히 현실을 교시했다.

"물론, 책임의 일단은 이 늙은이에게도 있을 것이옵니다. 허나, 백성의 입을 닫을 수는 없습니다. 『황제는 악신에게 마음을 기울이고, 충신을 벌하는 것에 열중하고 있다』── 임경에서는 이러한 소문이 이미 퍼지고 있사옵니다. 이제 곧, 나라 전체에 폐하의 악평이 퍼지는 것도 필연이옵니다."

폐하께서 창백한 안색을 더욱이 창백하게 하면서, 몸을 떠셨다.

매달리듯 나에게 물으셨다.

"무, 문상. 짐은…… 짐은 어찌하면 좋겠나?"

"……소환장에 진인을 찍으신 이상, 당장에 처벌을 뒤집는 것은 어려울 것이옵니다. 하오나 당장 대처하지 않으면, 한층 더 백성의 반발을 살 것이옵니다."

마음속으로 결전장에서 스러진 서수봉과 우상호에게 사과했다.

……용서하거라. 귀공들의 명예 회복에는 시간이 걸릴지도 모른다.

완전히 주름투성이가 되어 버린 손을 심장에 대었다.

"폐하, 이번 일은 이 노인에게 맡겨 주소서."

"…………부탁한다."

깊숙하게 주군은 신에게 고개를 숙여 주시었다.

이분은 악인이 아니다. 허면── 내가 이끌어갈 수 있을 것이야.

늙은 몸을 고무하여, 보고를 속행하고자 지니고 있던 서간을 꺼냈다.

이제부터가 본론이었다.

대응을 잘못하게 되면…… 망국에 이를지도 모를 만큼의.

"다음으로 장태람과 회담한 내용에 대해서이옵니다. 북방에 커다란 움직임이 있사옵니다. 놈들은 눈이 녹는 것을 기다려, 대하를 건너 재침공──."

"폐하── 오늘 밤도 우토(羽兎)가 찾아 왔사옵니다. 문을 열어도, 괜찮겠사옵니까?"

방 바깥에서 아리따운 젊은 여자의 목소리가 들렸다.

국가의 중대사를 논하고 있거늘!

내가 일갈하고자 시선을 돌리자── 하얀 손이 그것을 가로막았다.

명백하게 안도한 기색인 폐하를 보고 아연해졌다.

"오늘 밤은 이미 밤이 깊다. 문상, 자세한 이야기는 내일 묘당에서 듣지. ……너도 이제 쉬거라."

"…………알겠사옵니다."

하는 수 없구나.

이리 명하시면, 신의 입장에서는 무엇을 어찌할 수가 없다.

무거운 몸을 일으켜, 고개를 숙이고 퇴실.

그러자, 절세의 미를 가진 총희── 부재상의 양녀라는 우토가, 길게 자란 **옅은 보라색 머리칼**에서 꽃향기를 풍기며, 나 대신

방으로 들어섰다.

　문을 닫자마자, 간담이 서늘해지는 대화가 들렸다.

　"오오…… 우토, 우토."

　"폐하, 해가 떠오른 시간부터 계속 만나고 싶었사옵니다. ……
아아, 달이 계속 떠오른 채 있다면 좋을 것을……."

　비틀거리며 복도의 기둥에 손을 짚었다. 심장이 아파서, 서 있
기만 해도 늙은 몸이 힘들다.

　【쌍성】이 빛나는 어두운 북쪽 하늘을 노려보며, 내뱉었다.

　"또다시…… 【장호국】을 의지할 수밖에, 없는가. 【봉익】과 【호
아】가 살아 돌아와 주었다면. 아니, 설령 그랬다 해도…… 이 나
라는 이미."

　내가 중얼거린 말은 어둠 속으로 사라지고, 그저 폐하와 총희
의 베갯머리 송사만 남았다.

제1장

"좋~아! 이걸로 배의 짐은 다 실었군. 뭐 잊은 물건은 없냐?"

나──【영】제국 호주의 중심도시 『경양』을 수호하는 장씨 가문이 거두어 키운 아이인 척영은 외투의 먼지를 털어내면서 돌아보았다.

대륙을 남북으로 꿰뚫은 대운하에 세워진 경양 동부의 정박소에는 수많은 사람들이 모여 대화를 나누고, 병사들이 바쁘게 움직였다.

올 겨울 날씨가 안 좋은 탓에, 영 제국 수도 『임경』으로 가는 배는 오랜만이다.

배 옆으로 바퀴가 여러 개 달린 외륜선이 정박해 있어서, 희한한 거라고 견학하는 사람들이 많기도 하다. 지금으로부터 3개월 전의 참담한 패전── 과거의 우방국【서동】에 대한 침공 실패 소식을 듣고 여자와 아이들을 최전선인 경양에서 피난시킬 기회를 살피고 있었던 탓일지도 모르지만.

대하 이북을 지배하는 기마민족국가【현】의 위협은, 누구나 느끼고 있는 것이니…….

"음~. 척영 니임?"

"어, 어어?"

그런 생각을 하고 있는데, 주황색 기조의 옷을 입은 소녀가 불

만을 드러내며 다가왔다. 모자 옆으로 보이는 밤색 머리칼도 곤두서 있었다.

풍만한 가슴만 제외하면 어린아이로 보이는 연상의 소녀——임경에서 급속하게 이름을 떨친 대상인, 왕씨 가문의 후계자인 명령이 더욱이 거리를 좁혔다.

"척영 님은 천하에서 제일 귀여운 장래의 처와 헤어지게 되었는데, 쓸쓸하지 않으신 건가요?! 저는 너무너무 쓸쓸하고…… 괴롭고…… 지금 당장 울어버릴 것 같은데. 아아! 이럴 바에는, 겨울 동안 경양에 머무르지 말 걸 그랬어요…… 훌쩍훌쩍~."

"천하에서 제일 귀여운…… 장래의 처…………?"

서투른 우는 시늉을 무시하고, 괜히 되물었다.

나에게 툭하면 구혼하는 이 기린아 님은 더 빨리 도읍으로 돌아갈 예정이었지만, 날씨가 안 좋고 진지용 자재 제공의 감독을 한다는 이유로 약 3개월이나 눌러앉아 주었다. 결과적으로 경양의 방어태세가 비약적으로 진행된 것에는 감사하고 있다. 이 은혜는 반드시 갚아야겠지.

뭐, 눈앞에서 떼를 쓰는 연상 소녀에게는 비밀이다.

"우~! 의문으로 생각하지 마세요!! ……정말."

내 마음을 깨닫지 못한 명령은 화내면서 팔짱을 끼었다.

그 후방에서, 흑백 기조의 복장에 이국의 단도를 허리에 찬 젊은 여성—— 명령의 종자인 시즈카 씨가『죄송합니다』라며 두 손을 모으고 있었다. 그나저나 길게 땋은 검은 머리가 초봄의 햇빛을 반사해서 아름답다.

……내 머리는 그냥 뻣뻣하기만 한데.

명령의 검지가 내 코앞을 척 가리켰다. 발돋움을 하고 있군.

"어 쨌 든 지, 말입니다! 스스로 말하는 것도 그렇지만…… 저는 열심히 했어요!! 경양의 방어태세를 정비하기 위해서, 몸이 가루가 되도록 일하고, 척영님 품에 뛰어드는 것도 꾹 참고 하루에 세 번까지만 하지 않았나요?! 그런데…… 그런데에에~."

"아~……."

나는 연상 소녀가 떼를 쓰는 모습에 당황했다.

일단, 세 번은 많다. 분명히 많다.

결과적으로…… 소꿉친구인 은발창안을 가진 공주님의 기분이 아주 안 좋아!

금발취안의 군사님에게 조언을 구했더니 『당신이 잘못해서 그렇잖아?』라고 했다. 너무해.

그렇다고, 눈앞에서 토라진 소녀를 가볍게 다룰 생각은 안 들었다.

천 년 전 황 제국 시대에 불패를 자랑한 대장군 『황영봉』의 어렴풋하게 남은 기억을 돌이켜봐도, 한 식구에게는 참으로 물렀다.

……내가 무른 건 전생에서도 이번 생에서도 변함이 없군. 성장이 없어.

내심 쓴웃음을 지으면서, 모자에 손을 올렸다.

"응. 분명히 너는 열심히 했어. 감사한다. 특히…… 아~, 이름이 뭐였지? 그거. 땅을 파는."

나는 도구의 이름이 떠오르지 않아, 양손을 움직였다.

자칭 선낭인 군사 나리의 지시로 현재 경양 서방에서는 끝도 없이 방루와 참호를 만들고 있는데, 여태 쓰던 가래나 괭이로는 도저히 할 수가 없었다…….

몇 번인가 대화를 나눈 다음 명령의 연줄을 이용해 대량으로 들여온 이국의 도구가 도입되어, 작업이 단숨에 진행되었다.

듣자니 머나먼 서방, 대사막이 펼쳐지는 나라에서 고안된 물건이라고 했다.

명령이 눈을 깜박이고, 턱에 손가락을 대면서 고개를 갸웃거렸다.

"그~게…… 야삽, 말인가요? 끝의 폭이 넓고 검 같은 자루가 달려 있는??"

"그거다! 나도 순찰을 나갔을 때 몇 번인가 써봤는데, 그건 참 좋더라. 병사들도『호를 파는 것도, 흙을 쌓는 것도, 가래나 괭이보다 훨씬 편합니다』라면서 기뻐했어. ……지금까지 생각 못 한 게 부끄럽기도 하지만. 정말로, 왕명령은 필요한 물건을 필요한 때 가져다주는, 터무니없는 인재라고 나는 생각한다. 얼마나 감사한지 몰라! 너는 굉장한 녀석이다!"

본심이라 술술 말이 나온다.

명령의 적절한 자재 제공이 없었다면, 방위 공사는 절반도 안 끝났을 거야.

"에헤, 에헤헤~♪ 그, 그런 식으로 칭찬을 하시면, 쑥스럽──……헉! 흐, 흥이다! 그, 그렇게 칭찬을 하셔도, 간단히 넘어가지 않아요! 저는 그렇게 값싼 여자가, 에취."

볼에 양손을 대고서, 쑥스러운 듯 몸을 흔들고 있던 소녀가 재채기를 했다.

달력을 보면 봄이고, 따뜻한 날도 늘어났지만 아직 쌀쌀하다.

"그렇게 얇은 옷을 입고 다니니까 그렇지. 배 위도 바람이 분다고."

나는 외투를 벗어, 소녀의 어깨에 걸쳐주었다.

어쩐지 낯간지러워서, 눈길을 돌리며 빠르게 설명했다.

"걸치고 가. 감기라도 걸리면 네 부모님한테 면목이 없다."

다수의 말이 푸레질하는 소리 뒤에, 사람들의 환성이 들렸다. 그 녀석들, 출항에 안 늦었군.

내가 조금 안도하고 있는데, 명령이 외투의 옷깃을 잡고서 수줍게 웃었다.

"──……네. 에헤헤♪ 척영님~☆"

"우옷."

품에 뛰어 들어온 소녀를 받아냈다.

위, 위험해. 이런 걸 그 녀석이 봤다간……

내 우려를 깨닫지 못하고, 명령이 커다란 눈동자를 반짝였다.

"역시, 제 서방님은 척영 님밖에 없어요! 이 외투, 보물로 간직할게요."

이거, 진심으로 하는 말이지.

외투 따위 군용 양산품인데. 볼을 긁적였다.

"너 말야……. 오, 왔나 보다."

"우우웁!"

사람들의 환성이 커지고, 경양 서방에서 작업을 감독하고 있던 두 명의 미소녀가 걸어왔다.

한 명은 붉은색의 끈으로 긴 은발을 묶고, 파란 두 눈은 칼날처럼 날카롭다. 나랑 같은 외투를 걸쳤고, 허리에는【천검】이라고 불리는【백성】을 찼다.

【호국】장태람의 외동딸, 백령. 내 소꿉친구이기도 하다.

또 한 명은 영에서 흔히 볼 수 없는 금발을 파란 머리끈으로 묶고, 왼쪽 눈이 앞머리로 가려진 소녀── 군사인 유리다. 서둘러 왔는지, 파란 모자로 부채질을 하고 있었다.

두 사람이 내 곁으로 오더니, 백령이 팔짱을 끼고 찌릿, 노려보았다.

"……척영? 사람들 앞에서 뭘 하는 건가요??"

"늘 있는 일이겠지만, 눈에 띄거든?"

이어서 유리도 끼어들었다.

다만, 반쯤 진심으로 화를 내는 백령과 달리, 유리는 상황을 휘저어서 즐기려는 것뿐이다. 이, 이, 군사 녀석 장난을 좋아해서는.

나는 화가 난 장씨 가문의 공주님에게 어쩔 수 없이 변명을 시도했다.

"아~…… 내 의사가."

"왔군요, 이 방해꾼! 척영 님과 제 사이를 갈라놓으려 하다니…… 조금은 분위기를 읽어 주세요!! 유리도 그렇게 생각하죠? 그죠!"

말을 마치기 전에 명령이 덤볐다.

……어라? 이게 바로 호기란 것 아닐까??

"흘려들을 수 없네요. 누구와 누구 사이인가요?"

"나를 끌어들이지 마."

예상대로 백령이 명령의 도발에 넘어가고, 유리의 쟁탈전이 시작됐다. 살금살금.

"──척영 님, 척영 님."

기척을 죽이고 세 소녀 옆에서 떨어지자 시즈카 씨가 나무 상자 뒤에서 불러주었다. 재치가 있는 누님이야!

"척영 님. 명령 아가씨를 살펴 주셔서 감사합니다. 오늘 아침에는 상당히 가라앉아 계셨습니다만…… 이제 괜찮을 것 같아요."

재빨리 숨자, 검은 머리의 종자가 감사 인사를 했다. 황급히 답례를 했다.

"고, 고개 들어주세요. 그 정도는 간단……하다고 말하기는 어렵지만, 명령과 시즈카 씨에겐, 지난 몇 개월 큰 도움을 받았습니다. 감사는 우리가 해야죠."

어떤 경위로 명령의 종자가 되었는지는 들은 적 없지만, 이 이국 태생의 미녀는 광범위한 지식을 가지고 있어서 종종 고민하는 나나 백령, 유리에게 조언을 주었다.

""……후후.""

서로 고개를 숙이고 웃었다.

그런 가운데, 백령과 명령은 여전히 말싸움 중이다. 사이가 좋은 건지 나쁜 건지.

은발의 미소녀가 게슴츠레한 눈매.

　"정말이지. 남들 앞에서 품에 안기다니 조금은 자중을 하세요."

　"어머나아? 지금 그 말은, 남들 앞이 아니면 척영 님 품에 안겨도 된다, 라는 게 아닌가요? ……우후후~♪ 장씨 가문 아가씨도 드디어, 상황을 이해한 모양이군요! 저와 척영 님이 부부가 되면 당신은 시동생이 되니까, 우읍."

　우쭐거리는 연상 소녀의 입을 백령이 손으로 덮었다.

　그리고, 나무 상자 뒤라서 보이지 않을 나에게 삐친 시선. ……아니, 어쩌라고.

　침묵하고 있자, 백령이 일부러 큰 소리로 말했다.

　"……입 다무세요. 지난 며칠 밤마다『임경에 돌아가고 싶지 않아요』라고, 저랑 유리 씨에게 울먹거린 걸, 척영에게 전부 말할 겁니다!"

　"우우웁~?!"

　"그렇게 큰 소리로 말하면 다 들리지 않을까?"

　명령의 볼이 새빨갛게 물들고, 유리가 기가 막힌 기색으로 모자를 다시 썼다.

　구속에서 벗어나 용감하게도 백령에게 덤벼드는 자신의 주군에게 자애로운 시선을 보내면서, 시즈카 씨가 말했다.

　"명령 아가씨는 어린 시절부터 안팎으로 재능을 드러냈습니다. 결과적으로 또래의 친구분이 전무했습니다만."

　검은 머리의 미녀가 자세를 바로잡았다. 흑진주 같은 눈을 나와 마주쳤다.

그곳에는 강한 우려가 보였다.

"이 땅에 오신 이후 매일 참으로 즐겁게 지내고 계십니다. 종자로서, 더할 나위 없이 기쁩니다――. ……척영 님."

"알고 있어요. 백령이랑 유리가 죽을 일은 없습니다."

전황은 7년 전, 【현】나라의 전 황제가 남진을 시도했을 때보다 훨씬 나쁘다.

어리석은 부재상의 아욕과, 서둘러 공을 세우려 한 금군 원수가 일으킨 서동 침공의 결과로 영은 수많은 장병을 잃었다.

이제, 이 나라를 지키는 것은 의부님과 도읍의 노재상뿐이다.

나는 【백성】과 한 쌍이 되는 허리춤의 【흑성】을 매만지며, 명령과 투닥거리는 백령과 두 사람에게 말려든 유리를 보았다.

……내가 구할 수 있는 건 고작해야 저 녀석들 정도겠지. 이름을 불렀다.

"공연, 춘연. 있겠지?"

""앗, 네!""

여행 준비를 마친 이국 출신의 소년과 소녀가 곧장 모습을 드러냈다.

서동 침공 전에 군에 지원한 쌍둥이 의용병이다. 나이는 열셋.

내 부관 역할을 맡고 있던 정파의 말로는, 군에서 최연소라고 하는데…… 어리다.

어쩌면, 훨씬 더.

안타까움을 느끼지만 표정에 드러내지는 않고, 긴장한 기색의 남매에게 말을 걸었다.

"정파에게 이야기는 들었겠지? 너희들에게 명령과 시즈카 씨의 호위를 부탁하고 싶다. 지난번 전쟁에서 살아남았고, 뿐만 아니라 나랑 백령의 기마에 따라오며 화살을 공급해준 너희들이 곁에서 떠나는 건, 솔직히 말해서 참으로 아쉽다만……."

"아……."

"도, 도련님……?"

이국의 땅에서 기특하게 살아가려는 남매의 어깨를 나는 두드렸다.

"부탁한다. 장씨 가문의 대은인에게 무슨 일이 있으면, 참으로 수치야. 책임이 중대하겠지?"

"헉, 네!"

"목숨을 걸고서!"

어린 두 사람이 볼을 붉게 물들이고, 가슴에 손을 턱 대었다.

전생의 기억이 되살아난다.

……이런 표정을 짓는 녀석들은 전장에서 살아남지 못했다.

나는 크게 고개를 저었다.

"바보냐. 죽으면 끝이다. 살아서, 살아서—— 살아남아서, 자신의 책무를 다해라. 계절이 좋아지면 명령은 분명히, 어차피 이쪽에 올 거다. 그때 편승을 해라. 좋아~! 시간이 없다. 너희들도 배에 타라."

""네! 장척영 님!!""

고양을 숨기지도 않고서, 쌍둥이는 배로 행진했다.

전생에서도 이번 생에서도 나는 신 따위 믿지 않지만…… 천 년을 넘게 살았다는, 과거의 맹우들과 함께 천하통일을 약조했던『노도』에 기도했다.

부디, 저 쌍둥이가 다시는 전장 따위에 나서지 않아도 살아갈 수 있는 세상을.

눈을 감고, 검은 머리칼의 미녀에게 부탁했다.

"시즈카 씨, 저 녀석들을 부디……."

"알고 있습니다. 시즈카에게 만사 맡겨 주세요."

"감사합니다."

알고 있다. 알고는 있다. ……이건 위선이겠지.

이번 배에 타지 못하는 여자, 아이들도 수없이 많다.

겨울 동안 장씨 가문은 가능한 소개를 추진했지만, 북방의 얼음이 녹고【현】의 침공이 시작되어버리면 이제.

──소란스러운 징 소리. 출항 시각이다.

짐을 손에 든 시즈카 씨가, 주먹을 맞부딪히는 백령, 명령, 유리를 바라본 다음 입을 열었다. 냉기를 띤 바람에 검은 머리가 나부꼈다.

"척영 님, 굳이 반복해서 말하겠습니다. 사람은 살아 있어야, 뭐든 할 수 있는 것입니다. 죽으면 모든 것이 끝. 부디, 이것을 꿈에서도 잊지 마시기를. 저도…… 같은 경험이 있습니다."

아마도, 시즈카 씨의 모국은 이미 없는 거겠지.

내가 여차하면 목숨을 거는 것을 이해하고 있다.

"조언, 명심하겠습니다. 지방 문관이 될 때까지 죽을 수는 없어요."

"후후후……. 꿈이란 덧없는 것이랍니다. 무운을 빕니다."

시즈카 씨는 표정을 풀면서, 배를 향해 걸었다.

──무운, 이라.

분명히 필요하겠지. 게다가, 칠곡산맥 만큼이나.

교대하여 백령이 이쪽으로 다가왔다.

당연하게 내 옆에 서서【왕】의 깃발이 펄럭이는 외륜선을 보았다. 마침 명령과 시즈카 씨가 합류하여 쌍둥이가 긴장한 표정으로 인사를 하고 있는 게 보였다. 유리는 배 근처에서 배웅하는 모양이군.

"하아, 명령은 정말이지……. 시즈카 씨랑 무슨 이야기를 했나요?"

어조는 살짝 삐쳐있다. 내가 검은 머리칼의 종자랑 둘이서 대화한 것이 마음에 안 들었나 보군.

그렇다고…… 이야기할 내용도 아니라 얼버무렸다.

"인생에서 중요한 것을, 조금."

"……흐~응. 그렇군요. 그런 것치고 입가가 헤벌쭉하지만요."

"뭐엇?! 너, 너 말야."

"농담이에요."

"…………."

몹쓸 녀석이다. 장백령은 참 몹쓸 녀석이다.

내가 태연한 표정의 소꿉친구를 곁눈질로 노려보고 있는데, 다시 징 소리가 울렸다.

배가 나룻배에 이끌려 조금씩 움직이기 시작했다.

"백령."

"척영."

동시에 이름을 부르고, 고개를 끄덕였다.

달린다.

"유리!"

"유리 씨!"

"어? 자, 잠깐, 당신들?!"

유리의 손을 둘이서 잡고, 배에 다가갔다.

손과 천을 흔드는 사람들 사이를 헤치고 나아가자, 시즈카 씨에게 끌어안긴 명령의 얼굴이 보였다.

눈이 새빨개져서 울고 있다.

우리를 곧장 발견하고, 모자를 붕붕 흔들며 외쳤다.

"백령 씨! 유리! 척영 님!!! 또…… 또, 경양에서!!!!!"

""""경양에서!!!""""

우리도 답해서 외치고, 걸음을 멈추었다.

힐끔 두 사람의 모습을 확인하자, 눈가를 닦고 있었다.

한 계절을 함께 지내면서, 백령, 명령, 유리는 우정을 키운 모양이다.

나도 전생의 붕우, 황 제국『초대 황제』비효명과『대승상』왕영풍을 떠올렸다.

……조금 부럽군. 그 녀석들이 여기에 있었다면.

나는 망상을 떨쳐내고, 백령과 유리를 재촉했다.

"그러, 면—— 우리도 저택에 돌아가자. 의부님이 돌아오시기 전에, 전국과 방위 태세의 현재 상황에 대해 자세한 이야기를 들려줘. 백전연마의 군사 나리."

＊

"나, 괜히 돌려 말하는 거 싫어해. 그러니까, 확실히 말할게—— 상황은 최악이야. 단편적인 정보를 엮어보기만 해도, 현 제국 황제【백귀】아다이 다다는 대침공을 획책하고 있어. 대운하의 얼음이 녹게 되면, 결전을 피할 수 없어. 당연히 제1목표는 『이곳』이며, 목적은 장가군의 격파야."

경양, 장씨 가문 저택의 내 방.

정박소에서 돌아오자마자 시작된, 유리의 냉철하기 짝이 없는 전황 분석이 귓가를 때렸다.

침대 위에 동그랗게 몸을 말고 있던 검은 고양이 유이가, 민폐란 기색으로 꼬리를 움직이며 이불 속에 파고들었다.

백령이 난로 안에서 타오르는 목탄을 철 부지깽이로 움직이는 가운데, 유리가 빙글빙글 재주 좋게 붓을 돌리고 탁상에 펼친 주변 지도에 사락사락 문자와 기호를 적었다.

주로 경양의 서쪽이다.

"명령이 진두 지휘를 해준 것과 장 장군이 허가를 해주신 적분에, 겨울 한 철 만에 방위 태세 구축은 비약적으로 진행됐어. 지금까지 무방비였던 서방은 특히 더. 노획한 투석기를 이용해서, 소리에 익숙해지는 훈련도 차례대로 하고 있어."

대하라는 천연의 해자와, 그곳을 넘어도 『백봉성』이라는 방벽을 가진 북방은 그렇다 치고, 서방에는 평원이 펼쳐져 있다. 우방이었던 【서동】이 적으로 돌아섰기에, 장가군은 서쪽에 대한 대비를 해야만 했다.

현이 자랑하는 『사랑』 중 하나, 맹장 『적랑』의 강습을 받아 고전한 기억이 새록새록 떠오른다.

그 탓에 경양으로 돌아온 뒤, 유리는 지도를 손에 들고 현지를 기마로 돌아다니며 서방의 방위 태세 강화를 강하게 요청했다. 나와 백령이 말을 보탰다지만, 의부님은 그것을 전면적으로 받아들이셨다.

『너희들이 신뢰를 하고 있지 않느냐? 그러면, 나도 믿으마.』

그야말로 명장의 기량! 쉽게 할 수 있는 일이 아니다.

유리가 벼루에 붓을 두었다. 가까운 긴 의자에 앉아서, 기도하는 것처럼 양손을 깍지 끼었다.

"하지만…… 좋은 이야기는 그것뿐이야."

백령이 찻잔을 놓고, 따스한 차를 정성스레 따르기 시작했다. 나는 그 옆의 작은 그릇 위에 다과를 놓았다.

차를 다 끓인 백령이 냉정하게 말을 이었다.

"무모한 서동 침공전으로 영은 수많은 장병을 잃었습니다. 【봉익】서수봉 님, 【호아】우상호 님, 수많은 정예병. 유리 씨의 책략으로 『망랑협』에서 『회랑』을 쳤다지만, 전체를 보면 전혀 균형이 안 맞아요. 속 빈 강정이죠.”

난양 땅에서 우리랑 아들인 비응을 지키고 스러진 서 장군과, 분전하셨다는 우 장군을 떠올렸다. 결전장에서 지휘를 팽개친 부재상과 무모한 돌격을 감행한 금군 원수에 대한 분노도.

충성스럽고 용맹한 명장들이 죽고, 싸우지도 않고 도망친 비겁자와 맨 먼저 패주한 장수가 기적적으로 생환을 이룬다…… 그뿐 아니라 처벌도 거의 없다. 이 세상은 너무나도 비정하다.

탁상 근처 의자에 앉았다.

“드세요.”

백령이 유리에게 찻잔과 작은 접시를 건네고, 내 옆에 앉았다.

힘 없이 모자를 벗은 유리가 차를 한 모금 마셨다.

“침공이 재개될 경우, 북방에서 현 나라 군, 서방에서는 서동군이 밀려들 거야. 우리는 적은 병력으로 두 방면의 정면 동시 작전을 해야 해…….”

“예상되는 적의 병력은?”

질문을 던지면서 차를 들이키자, 백령이 극히 자연스럽게 새로 따라주었다.

겨울 사이, 명령과 차 겨루기를 반복한 탓인지 완전히 익숙해졌다.

내가 손을 안 댄 설탕 과자를 소꿉친구의 그릇으로 옮기고 있을 때, 유리가 우울하게 표정을 찡그렸다.

"현 나라 군이 최소한이라도 기병 20만. 서동군은 중장보병을 주력으로 약 10만. 둘 다, 공성전용 투석기를 가지고 올 거야."

서동은 교역 국가이며, 이국의 뛰어난 기술을 가지고 있다.

금속 갑옷을 장비한 기병은 커다란 위협이다. 게다가 다수의 투석기에서 돌덩이나 달군 금속탄이 경양에 날아온다면······.

""············.""

나와 백령은 등골이 오싹해졌다. 생각하기도 싫군.

유리가 설탕 과자를 입에 던져 넣었다.

"그에 비해서 아군의 주력은 장가군, 모집에 응한 의용병, 후퇴전에서 합류하여 경양에 머무르고 있는 병사를 포함해도 약 6만. 침공이 시작되면 조금 더 늘어날지도 모르지만······."

천천히 고개를 옆으로 저었다.

애당초 숫자가 너무나 다르다.

나와 백령은 솔직한 감상을 중얼거렸다.

"승부가 안 되겠지. 북쪽과 서쪽으로 군을 나눠야 한다면, 만에 하나 대하의 도하를 용납하여 『백봉성』이 돌파당했을 경우······ 결전조차 어려워."

"임경은 그렇다 치고, 서씨 가문이나 우씨 가문에서 지원을 얻을 수 있다면 좋겠습니다만······."

지난번 전쟁에서 서가군과 우가군은 장군을 잃고, 군도 괴멸적인 피해를 받았다.

성실한 비응 녀석이 지원을 보내고 싶어도, 이 짧은 기간에 군을 재건하는 것은 불가능하다.

……후퇴전 때, 내가 더 강하게 같이 『가자!』라고 말했다면, 그 녀석이 무시무시한 【흑인】에게 포착되지 않았을지도 몰라.

"척영."

백령이 내 소매를 집었다. 두 눈에는 위로와 질책.

『자기만 탓하지 말아요. 나한테도 죄가 있습니다.』

……이 녀석은 당해낼 수가 없군. 은발 소녀의 하얀 손가락을 상냥하게 두드려, 감사를 표했다.

우리 모습을 지켜보고 있던 유리가 일어서서, 찻잔에 자기 차를 따랐다.

"북방은 도하만 못 하게 하면, 시간을 버는 건 쉬워. 『백봉성』은 나도 견학을 했는데, 그렇게 간단히 함락될 성이 아냐."

"그렇겠지. 그렇, 다면…… 문제는 역시 서방이군."

7년 전의 대침공 뒤에, 의부님과 역전의 노장인 례엄이 구축한 대하의 성채는 난공불락이다. 소수의 기습적인 도하라면 모를까, 아직 한 번도 돌파당한 적이 없다.

유리는 버릇없이 탁상에 앉았다. 금발을 흔들며, 짓궂은 표정을 지었다.

"그래. 일단 그—— 야삽? 이라고 했었지. 그 편리한 공구 덕분에 예정 이상으로 방루와 호를 만들었어. 그렇게 간단히 기병의 운용은 못 할 거고, 투석기도 못 쓰게 할 거야! 서동의 중장보병도 마찬가지. 쳐들어오면 본때를 보여주겠어."

머나먼 서방, 사막의 땅에서 개발된 그 공구는 군사 나리도 마음에 든 모양이다.

백령이 내 그릇에서 작은 만쥬를 빼앗았다.

아~아~! 나, 남겨뒀던 건데!!

"신병의 훈련과 부대의 편제 업무로 바쁜 건 알고 있지만, 가끔은 당신도 현장에 오세요. 사기와 연관된 거니까요."

"……내일은 가볼게."

"수상하네요."

"으그그."

은발의 소녀가 내 볼을 콕콕 찔러서 신음했다.

지난 며칠, 의부님이 노재상과 극비 회담을 하려고 경양을 비우셨기 때문에, 내가 군 관계의 업무를 떠맡게 되어…… 어흠. 맡게 되어, 참으로 바빴다.

그동안 서방의 방위 준비는 백령과 유리에게 맡기고 있었다.

어느샌가 침대에서 빠져나온 유이가 탁상에 뛰어올랐다.

완전히 길이 든 검은 고양이를 쓰다듬으며, 유리가 장난을 떠올린 어린아이 같은 표정을 지었다.

"백령은 단순히 당신과 지내는 시간이 줄어들어서 쓸쓸한 것뿐이야. 조금은 여심도 배우는 게 좋지 않을까? 장척영 님?"

"……헤?"

무심코 이상한 소리가 나왔다. 백령이 쓸쓸하다고?

옆에 앉은 은발 소녀를 빤히 바라보자, 허둥거리면서 일어섰다.

"유, 유리 씨?! ……착각하지 마세요. 저는 딱히 쓸쓸하지 않아요. 그저, 최근 당신도 바빠서 함께 다니질 않았다고, 생각하는 것뿐이지……."

"어? 나는 그걸 『쓸쓸해 한다』라고 표현한 건데??"

"~~~윽! 유, 유리 씨!"

군사 나리는 백령을 놀리는 방법도 완전히 터득한 모양이군.

……인간, 다른 사람을 잘 관찰한다, 라고 해야 하나.

유리가 잔 대신 붓을 손에 집었다.

"늘 하던 건 이쯤 해두고──."

"아니, 그런 건 됐어."

"……유리 씨는 심술쟁이에요."

나는 쓴웃음 짓고, 백령은 입술을 삐죽거렸다.

선낭은 방술이라는 걸로 금방 사라져 버리는 덧없는 하얀 꽃을 만들어내, 고양이와 노닐었다.

──눈동자에 깊은 지혜가 떠올랐다.

"인식의 공유를 하자. 현재 상황, 우리는 북쪽과 서쪽에서 오는 침공에 대비하고 있어. 병력 차이는 압도적. 도저히 야전으로는 승리를 바랄 수가 없어. 아무리 장 장군이라도…… 상대는 그 군략이 뛰어난 【백귀】아다이. 『대군에 책략은 없음이라』를 실행하면, 사력을 다하는 것 말고 다른 수가 없어."

전생의 나도 이번 생의 나도, 어차피 전장에 서는 무인.

의부님이나 아다이, 유리처럼 대국을 내다 보는 눈은 없었다.

……없지만. 자리에서 일어나 지도를 들여다보았다.

유리가 붓으로 어느 장소에 선을 그었다.

"그리고, 최대의 우려가── 여기야."

백령이 입가를 누르고, 나는 표정을 찡그렸다.

"거기는……."

"대하 하류…… 동방도하책, 인가."

지금까지 현 나라 군은 대운하의 연결점인 경양을 주요 목표로 삼았다.

그러나…… 대하 하류에서 공격한다면.

유이에게 눈길을 주면서, 유리가 담담하게 말했다.

"장가군은 정예야. 서가군, 우가군이 괴멸한 지금, 영 나라 최강의 군이라고 해도 좋아. 하지만, 지킬 수 있는 건 경양과 그 주변뿐이야. 그 이상은 감당할 수 없어. 그리고, 현 나라 군은 험준한 칠곡산맥을 답파하여 【서동】을 복속한 실적을 가지고 있지……. 대하 이남의 침출 가능성을 제외할 수가 없어."

"유리 씨의 생각은 이해가 가요. 다만 임경으로 이르는 길에는, 광대한 습지대와 무수한 하천이 있습니다. 기병을 움직이기에 적합한 토지가 아니고, 칠곡산맥과 달리 어느 정도 방위 부대도 있어요. 강공하면 막대한 피해가 생길 거라 생각합니다. 【백귀】도 그것은 이해하고 있지 않을까요?"

유리의 염려도 백령의 말도 옳다.

기병이란 것은 이끄는 장수에 따라 무시무시한 충격력을 낼 수 있는 병과지만, 습지나 늪지에서는 그 힘을 발휘할 수 없다. 또한 북방의 대초원이 고향인 현 나라 사람들은 말을 사랑하고, 전장에서도 보병이 되는 것을 강하게 기피한다.

무수한 하천이 지키고 있는 『임경』이 도읍으로 선정된 것은 그 점도 컸으리라.

평범하게 생각하면, 동방에서 공세가 오리라 생각하기는 어렵다.

——그러나, 그 아다이라면.

유리가 보석 같은 취안을 가늘게 뜨고 탁상에서 뛰어내렸다.

빙글빙글 걸으면서 사고를 제시했다.

"【백귀】는 견실한 군략가야. 『영 제국에서 진정한 웅적은 오로지 장태람뿐』이라고 정확하게 인식하고 있어. 실제로—— 7년 전의 침공 때를 제외하면 전장에서 직접 대결을 철두철미하게 피하고 있어. 그러면, 일부러 경양을 공략하지 않아도, 대하 동방을 공격할 가능성은 충분히 생각할 수 있지 않을까? 지금까지는 예비군으로 서가군과 우가군이 대기하고 있었지만, 양군이 괴멸한 지금, 나라면 보조 공세로 일군의 도하책을 실행할 거야."

"".............""

나와 백령은 입을 다물었다.

의부님은 틀림없이 영 제국 최고의 명장이다.

그러나, 양옆을 지탱하던 【봉익】과 【호아】는 없다. 이제…… 없었다.

아다이라면, 장태람과 직접 대결을 피하는 대담한 수를 쓸 가능성을 버릴 수 없다. 그리고, 장가군에 대하 전역을 지킬 병력은 없다.

……영의 전군을 의부님이 지휘할 수 있다면.

유리가 당장이라도 비가 내릴 것 같은 창밖을 보았다. 자신을 납득시키려는지 밝은 음색으로 말했다.

"물론—— 임경의 황궁에 틀어박힌 높은 사람들이 괜히 허둥대지만 않으면, 도하를 해도 충분히 대응이 가능해. 백령이 말한 것처럼 그 땅은 기병 운용에 적합하지 않고, 진군 속도는 느려. 방위대와 전의가 부족하고 훈련도도 낮은 금군만 있다 해도, 강이나 습지를 아군 삼으면 방위는 쉬우니까."

나는 마지막 다과를 입에 던져 넣고, 차를 마셔 흘려 넣었다. 【흑성】을 보았다.

고민해봐야 소용이 없다. 올 때가 오면, 그저 검을 휘두를 뿐!

"상황이 좋은 건지, 안 좋은 건지 모르겠다."

"노재상 각하를 믿는 수밖에 없네요."

백령도 수긍을 했는지, 【백성】을 손에 집어—— 입구의 종이 울렸다. 우리는 일제히 시선을 돌렸다.

"실례합니다—— 백령 님, 척영 님, 유리 님."

문을 열고 안에 들어온 것은 어깨까지 다갈색 머리칼을 기른 날씬한 백령의 시녀—— 조하였다. 평소에는 쾌활하지만, 묘하게 긴장하고 있다.

【흑성】을 내 손에 건네면서, 은발 소녀가 물었다.

"조하. 무슨 일이야?"

검을 받고서, 자연스럽게 시선을 두루마리에 내리자 대하 하류의 지명이 눈에 들어왔다.

——『자류(子柳)』.

다갈색 머리칼의 시녀가 등을 쭉 뻗었다.

"주인 나리께서 돌아오셨습니다. 급하게 할 이야기가 있다 하십니다. 부디, 방으로 가주세요. ……범상치 않은 기색이셨습니다."

*

"오오, 백령, 척영, 군사 나리. 불러서 미안하군. 방금 돌아왔다."
별채에서 우리를 맞이한 것은 엄격한 얼굴과 미염의 위장
부──【호국】장태람이었다. 후방에는 전선에 있어야 할 백발백
염의 노장, 례엄의 모습도 있다. 둘 다, 군장이다.
탁상에 펼쳐진 지도를 바라보고 있던 의부님의 머리칼과 수염
에는, 이제 나라를 한 몸에 짊어지고 있는 중압 탓인지 하얀 것이
섞이고 표정에도 피로가 스며 나오고 있었다.
이 범상치 않은 기색으로, 게다가 할아범까지 불러들였다.
노재상과 나눈 비밀 회담은…….
백령과 나는 서로 맞추어 인사했다.
"어서 오십시오, 아버님."
"무사히 돌아오셔 다행입니다."
그러자, 의부님이 굳은 표정을 풀었다.
모자를 벗은 유리가 조심조심 호소했다.
"장 장군, 그게 『군사 나리』라는 건……."
"군사 나리는 군사 나리가 아닌가? 응?"
"…………."
턱수염을 매만지면서, 의부님이 씨익. ……우와, 저거 일부러야.
은발 소녀가 유리를 등 뒤로 감춰주고, 나는 장난기가 있는 영

제국 최고의 명장을 타일렀다.

"의부님. 우리 선낭을 너무 괴롭히지 마세요. 오만불손한 것처럼 보여도, 엄청 낯을 가리는 데다, 백령이랑 검은 고양이한테 찰싹 붙어 다니고, 괜히 지는 것도 싫어하는 아가입니다."

"뭐?! ……장척영 님?"

"사실이잖아?"

"그우~……."

백령을 방패 삼은 유리가 으르렁거렸다. 이런 부분은 연하답단 말이지.

직후에 실내가 호쾌한 웃음소리로 가득 찼다.

"와하하하! 미안하구나. 그럴 생각은 아니었어. 용서해다오."

의부님이 가볍게 고개를 숙였다.

당황한 기색으로 유리도 모습을 드러내고 양손을 움직였다.

"아, 아뇨. 괘, 괜찮습니다. 시, 신경 쓰지 마시고……."

"고맙군. 군사 나리의 공헌은 백령과 척영에게 잘 들었어."

"아버님, 유리 씨는 굉장한 사람이에요."

"배, 백령?! ……정말."

장씨 가문 부녀에게 희롱당한 선낭이 모자를 깊이 눌러 썼다.

하얀 꽃을 만들어내 만지작거리며, 게슴츠레한 시선.

『……나중에 두고 봐…….』

나한테 화풀이를 하려나. 군사 나리는 상황 판단이 빠르기도 하다.

애매하게 웃으면서, 나는 례엄에게 말했다.

"할아범, 오랜만이야. 전선은 괜찮아?"

"정파에게 맡겨 두고 왔습니다."

례엄의 혈연이라는 청년은, 『적랑』과의 싸움, 서동 침공의 치열한 후퇴전, 『망랑협』에서 화창과 화약을 이용한 전투를 거쳐, 이제는 장가군을 지탱하는 젊은 장수가 되었다.

그야말로 호호 할아범. 그런 모습으로 역전의 노장이 기쁜 듯 눈웃음을 지었다.

"그놈도 도련님과 백령 님을 따라다닌 덕에, 제 몫을 하게 되었습니다. 조금만 더 지나면, 이 할아범도 쓸모가 없어지겠지요."

"『귀신 례엄』이? 그건 농담이 지나친걸."

"노인은 공경을 해야 하는 법. 그 【왕영】도 그리 말을 남겼습니다."

"사상 유일한 대승상 나리도 난처한 말을 남겼네."

……영풍이 그런 말을 했을까? 혹사하는 쪽이었던 것 같은데.

할아범과 대화를 즐기면서 과거의 기억을 더듬고 있는데 백령이 헛기침.

"어흠—— 아버님, 그래서 이야기란 뭘까요? 노재상 각하께선 뭐라 하셨는지?"

우리들 셋은 명장에게 시선을 모았다.

어디서 들어왔는지, 검은 고양이 유이가 찾아와 탁상에 올라왔다.

"……그렇구나. 아아, 미리 말을 해두마. 좋은 이야기는 얼마 없다."

의부님이 창 옆으로 걸어갔다. 실내의 공기가 긴장을 품었다.

등을 돌린 채 영 제일의 명장은 담담한 어조로 설명을 시작했다.

"일단, 노재상 각하는 올봄 이후에 재개될 【현】의 남진에 심히 우려를 표하셨다. 동시에…… 막상 침공이 시작될 경우, 금군 잔여를 경양으로 보내는 것은 바라기 어렵다, 라고도 하셨지. 지난번 패전을 통해, 주상의 어심이 신통치 않고, 도읍의 방비가 허술해지는 것을 두려워하신다고 하더군. ……살아남은 자들의 다수도, 임충도와 황북작의 영향이 미치고 있다. 움직이고 싶어도 움직일 수 없을 게야. 군을 새롭게 편성하는 것도 진행이 늦어지고 있다고 한다."

"""…………큭.""""

상상한 것 이상으로 안 좋은 이야기에 우리들은 표정이 떨렸다.

금군의 지원을 바랄 수 없을 것이다, 라고 생각은 했었다.

그러나 『다소는……』이라고 어렴풋한 기대를 품지 않았다, 라고 하면 거짓말이다.

경양과 임경은 대운하로 이어져 있다.

장가군이 패배하면 【영】은 망국의 위기에 처하는데, 증원을 바랄 수 없다.

……제정신인가?

무모하기 짝이 없는 서동 침공을 실행한 시점에서, 그런 물음조차 무가치한 것일지도 모른다.

나와 백령은 머리를 감싸고 싶어지는 것을 참고, 말을 짜냈다.

"의부님. 그건 아무리 그래도."

"……아버님."

"서두르지 마라. 나쁜 이야기는 또 있다."

"이, 이것 이상으로."

"말인가요?"

"…………설마."

말을 잃은 우리들에 비해, 유리는 뭔가를 짐작한 모양이다.

의부님이 가까운 의자에 몸을 맡겼다.

눈동자 안쪽에서 강한 실망이 엿보였다.

"나와 회담하는 도중에, 도읍에서 사자가 급보를 가져왔다. 내용은……."

떠올라 있던 해가 구름에 가려져, 실내가 어둑해졌다.

양손을 깍지 끼고, 눈을 감은 【장호국】은 분노를 견디고 있는 것 같았다.

"서씨 가문과 우씨 가문의 처벌에 관한 것이다. 『【서동】정벌의 실패는 두 장수의 패배가 원인이다. 따라서, 양가가 가진 권익의 일부를 박탈한다. 변명이 있다면 당주는 속히 임경으로 출두하라』── 우씨 가문의 당주는 나타나지 않았지만, 서비응은 소환에 응한 결과 붙잡혀, 궁중의 지하 감옥에 갇혔다고 들었다."

"""…………."""

무거운 침묵이 실내를 지배했다.

서씨 가문과 우씨 가문에 패전의 책임을 씌우고, 비응을 붙잡았다고?

노재상이 도읍을 벗어났기에 일어난 이변이겠지만…… 너무나도 도가 지나치다.

나는 백령에게 눈짓을 하고 쓴소리를 했다.

"의부님, 가볍게 논할 말이 아닙니다."

"지난번 전쟁에서 서 장군과 우 장군, 그리고 비응 공은 용감하게 싸웠습니다. 후퇴전에서도요. 그럼에도 그런 처사라니…… 대체 어떤 의미일까요?"

꿍음. 유이가 놀라, 가구의 틈을 찾아 도망갔다.

의부님이 부서진 탁상에서 주먹을 들며, 표정을 찡그렸다.

"알고 있다! 난양의 전장에서 패배한 것은 수봉과 상호의 책임이 아닐 진데! 무모한 원정을 계획했을 뿐 아니라, 결전장에서도 지휘를 포기하고, 하물며!!"

부릅뜬 눈동자에 의분의 불꽃이 춤을 추었다.

……무리도 아니다. 두 장군은 의부님에게 대신할 자가 없는 전우였다.

"지휘하에 있는 군만 이끌고 후퇴한 부재상 임충도와, 공명심으로 전군 패주의 발단이 된 금군 원수인 황북작에게 책임이 있다. ……허나. 그러나."

【호국】이라 불리는 명장은 비통함을 드러내며, 이마에 손을 댔다.

이런 모습…… 처음이다. 유리가 「……최악이야」라고 작게 중얼거렸다.

"명을 내리신 것이 주상이다."

"……그건 또…….

"……척영."

나는 완전히 말을 잃고, 백령도 불안한 기색으로 내 소매를 쥐었다.

황제가 직접 이런 바보 같은 전후 처리를 했다고?!

그, 그러면, 서씨 가문과 우씨 가문은 이미.

의부님이 필사적으로 격정을 억누르면서, 묵직한 어조로 내뱉었다.

"……노재상 각하는 회담을 급거 중단하고 임경으로 돌아가셨다. 『양가에 대한 처벌을 철회시키고, 서비응의 목숨을 반드시 구해낸다』라고 말씀을 하셨다만, 당장 풀어줄 수는 없을 게야."

불안하게 몸을 떠는 백령과 손을 잡고, 생각을 거듭했다.

비응을 구하는 건 어렵지 않다. 황제는 절대적인 권력을 행사할 수 있으니까.

그러나, 진인이 찍힌 문서를 며칠 만에 철회하면 세간에서 어떻게 볼까?

나는 답을 이끌어내고, 의부님에게 고했다.

"도읍에 사는 백성의 평판을 신경 써서, 인가요?"

"……오냐. 서동 침공의 대실패는 도읍에도 퍼져 있다."

"그렇다 해서!"

"악수로군요."

목소리가 흐트러진 나를 작은 손이 가로막고, 유리가 한 걸음

앞으로 나섰다.

늠름한 군사의 태도다.

발치에 달라붙는 검은 고양이를 안아 들고, 금발취안의 소녀가 차갑게 평했다.

"터무니없는 악수입니다. 아마도, 외척인 부재상이나, 기적적으로 살아 돌아왔다는 총신 금군 원수가 불어넣은 것이겠지요."

탁상에 눈길을 떨구고, 「하아……」 우려의 한숨.

유이를 내려놓고, 가는 손가락으로 지도를 훑었다.

"이걸로, 영 제국은 북방의【현】, 서북의【서동】뿐 아니라, 국내의 서방 및 동방에 두 개의 잠재적인 『화약고』를 품게 되었습니다. 뒤를 이어야 할 장자가 붙잡힌 서씨 가문과 그것을 들은 우씨 가문은, 설령 침공이 시작된다 해도 지원에 나올 거라 생각하기 어려워요. 오히려…… 혼란을 틈타 독립할 가능성마저 있습니다. 서비응이 소환에 응해 포박된 것에 비해, 우씨 가문의 인간이 붙잡히지 않은 것은, 궁중에 대한 불신이 생긴 증좌일 것입니다."

"아~……그러니까, 말이지."

별로 안 좋은 머리를 필사적으로 움직여, 예상되는 상황을 유리에게 확인했다.

안색이 창백해진 백령은 한발 먼저 결론에 이르렀는지, 지금은 왼팔을 끌어안고 있었다.

"우리는 침공이 시작되어도, 일체 증원을 바랄 수 없다, 라는 거야?"

"그래──『고군분투』, 『용전분투』, 『사자분신』. 남자애가 좋아하는 말이지?

"하, 하하."

도무지 어쩔 수 없을 때는 웃음밖에 안 나온다.

……젠장.

망국의 위기인데 고립됐다고? 최악이다!

심호흡을 반복한 다음, 백령이 의논에 참가했다.

"아버님, 유리 씨하고도 전국을 예상해 봤습니다만…… 한 가지 염려가."

"대하 하류의 도하 말이냐?"

"""윽!"""

아무것도 아닌 듯 응한 의부님에게 우리는 경악했다. 례엄은 자랑스런 기색이다.

아니…… 당연한 일이군.

【장호국】은 영의 수호신.

【백귀】아다이 다다에게 대적할 수 있는 유일한 사나이다.

커다란 손을 좌우로 흔들었다.

"그러나…… 알고 있어도 어쩔 수 없다. 북쪽에 20만의 정예기병. 서쪽에는 10만의 중장보병. 그에 비해 우리들은, 앞뒤를 생각지 않고 동원해서 약 6만.『공격 측은 최소한이라도 세 배의 병사를 모으라』──왕영풍의 군략을 완전히 만족하고 있다. 아다이가 장병의 막대한 희생을 허용한다면."

눈동자에 떠오른 체념으로 이해했다. 의부님은 모든 것을 이해하고 있다.

커다랗게 숨을 들이쉬고, 눈을 감았다.

"우리들에게 승산은 없을 게야."

불패의 명장이 그리 말하도록 한단, 말이지. 전생에서도 경험한 기억이 없다.

백령이 나에게서 떨어져, 깊숙하게 고개를 숙였다.

"……죄송합니다."

"됐다. 탓하는 게 아니야."

울 것 같은 딸에게 의부님은 고개를 저었다.

──전국은 절망적이다.

유리의 예측대로, 장가군 정예라 해도 모든 것을 지키는 것은 절대 못 한다. 다시 말해서.

"의부님."

"동방 전선은 버리는 것이군요?"

"……윽."

나와 유리는, 거의 동시에 핵심 정보에 도달했다. 백령도 금방 깨달았는지, 조금 분해 보였다.

금발의 군사와 사납게 웃음을 나누고, 일부러 난폭한 어조로 생각을 드러냈다.

"병력이 적은 우리가 병력의 분산을 강요당하면 어찌 될지…… 그렇잖아도, 승산이 적은데 방어전마저 제대로 못 하게 되니까."

지도상에 놓인 말을 경양의 북과 서에 나누면서, 금발 소녀가 뒷말을 이었다.

감정에 호응하여 꽃잎이 춤추고, 검은 고양이가 들떴다.

"따라서, 『**동방 방어에 장가군은 일절 관여하지 않는다**』── 노재상 각하와의 회담은, 그것을 전하기 위한 것이 아니었나요? 장가군이 직접 이끄는 기병도, 그 땅에서는 능력을 최대한으로 발휘할 수 없을 테니."

이 나라를 지키는 장병들의 대부분은 난양 땅에서 쓰러져 버렸다.

남은 장가군은 강대하기 짝이 없는 적의 대군을, 홀로 막아내야 하는 것이다.

없는 것은 아무리 발버둥 쳐도 없는 것이다.

의부님이 미염을 매만지며, 할아범에게 어깨를 으쓱거렸다.

"그래…… 맞다. 네가 이긴 모양이군, 례엄."

"허허, 나이를 헛먹지는 않았습니다."

우리가 깨달을지에 대해 내기를 한 모양이군. 이 두 사람은 진짜 너무하네.

백령이 옆으로 돌아오자, 의부님이 검의 칼집을 두드렸다.

"우리는 어디까지나 경양 방어에 전념한다! 설령 상대가 구름 떼같은 대군이라 해도, 방어전이라면 어떻게든 될 것이야. 대하하류의 도하는 염려가 되는 일이다만── 아다이는 무익한 전투를 하는 사내가 아니다. 더하여, 놈들은 기병이란 것에 진심으로 긍지를 품고 있으니까. **보병을 주력으로 하는 군편성**은 꽤나 어려운 일일 게야. ……척영, 백령, 좋은 군사를 얻었구나!"

유리가 칭찬을 받자, 자기 일처럼 기뻐진다.

"후후후♪"

"자, 잠깐!"

백령도 마찬가지인지, 쑥스러워하는 선낭을 뒤에서 끌어안았다.

사이 좋은 소녀들의 모습에 긴장을 풀면서, 나는 의부님에게 동의했다.

"머리를 쓰는 일이 줄어서, 마음이 편해졌습니다."

"지방 문관 지망, 이라는 헛소리는 아직도 하지만요~."

"배, 백령?!"

"문관, 적성 없거든?"

"유, 유리?!"

너무해. 장씨 가문 공주님과 우리 군사 나리, 너무해.

사소한 내 꿈을 협동해서 부정하다니, 정말로 사람이 할 짓이냐?!

……말을 하면 배로 돌아오니까 입 다물고 있는데.

"도련님, 포기하는 것도 중요합니다."

"하하핫! 척영, 포기하거라. 네가 졌다."

"할아범이랑 의부님까지……."

아군이라고 믿었던 두 사람에게 원망을 보내는 가운데, 유이까지도 시시하단 태도로 하품을 했다.

──장태람이 왼손을 들었다.

"대운하의 얼음이 녹으면, 놈들은 북쪽과 서쪽에서 올 것이다. 백령, 척영, 유리, 준비를 게을리하지 마라! 우리들이 패하면──

【영】은 멸망한다.

""예!""

"군사로서 최선을 다하겠습니다."

*

"으그…… 으그그…………."

그날 밤.

완전히 열세에 빠진 반상 앞에 앉은 나는 내 방에서 검은 머리를 난잡하게 헝클어뜨리며 신음했다.

좌익과 우익은…… 안돼. 완전히 죽어 있잖아.

예전에 한 번 성공한 중앙도 상당히 힘들다.

『척영 님! 이거, 아~주 따뜻해요! 한 번 써보세요!!』

명령이 가져온, 저택 안에서 솟는 온천물을 넣은 서동제 물난로와 발치에 둔 커다란 화로 덕분에 추위는 느껴지지 않지만…….

목욕을 하고 왔는데, 마음이, 마음이 춥다.

아아, 천재 군사랑 병기 같은 걸 두는 게 아니었어. 설마, 이만큼 지는 걸 싫어할 줄이야. 창밖에서 들리는 빗소리도 내 집중력을 크게 휘젓는다.

"자자~ 얼른 두셔야죠? 장척영 님."

내가 괴로워하는 기색을 맞은편에서 바라보며, 파랗고 얇은 잠옷 차림의 유리가 싱글거리며 부추겼다. 일이 많아서 조금 늦게

목욕을 하러 간 백령하고는 색이 다른 옷이다.

머리칼을 풀고 있는 것과 기복이 없는 몸 탓인지 평소보다 훨씬 어리게 보이지만, 화를 내니까 말하지 않는다. 본인이 없는 자리에서는 백령이 꽤 자주 여동생 취급을 하는 거랑 마찬가지다.

"시, 시끄러워. 기다려 봐라!"

"그래그래. 하지만, 앞으로 열다섯 수면 장군, 후와아아……."

유리가 듬뿍 여유를 부리면서 턱을 괴고, 커다랗게 하품을 했다. 가까이 있는 긴 의자에 있는 검은 고양이 유이도 이끌리듯 하품. 우리 군사님은 꼬맹이라서, 밤늦게까지 깨어 있지 못한다.

둥근 창밖에 떠오른 초승달을 힐끔. 오늘 밤도 같은 시간이군.

어쩌면, 눈을 비비고 있는 선낭은 들은 것 이상으로 유서 깊은 집안 아가씨였던 걸까?

그런 상상을 하면서, 항복을 고했다.

"졌다. 내가 졌어."

"흐흐~응♪ 이걸로, 내 7연승이네~."

졸려 보이는 유리가 물난로를 끌어안은 채 자리에서 일어나, 기분 좋은 기색으로 검은 고양이와 함께 침대에 드러누웠다. 눈매가 축 늘어져서는 내 이불을 덮었다.

반과 말을 정리하면서, 연하의 소녀에게 주의를 주었다.

"야, 졸리면 방에 돌아가야지? 백령한테 혼난다~. 나는 아직 목숨이 아까워."

"응~…… 멋대로, 죽지 그래~…………."

혀 짧은 매도와 평화로운 숨소리가 들렸다. 너무 잘 자는걸.

다만…… 유리는 천애고독한 신상인 데다가, 고향이었던 『호미』라는 선향도 이미 없다고 한다.

　　안심하고 잠들 수 있는 건 좋은 일이다. 응.

　　나는 조용히 다가가, 「치운다?」 하고 유이에게 말을 걸고, 의자로 이동시켰다.

　　복도를 향해 말했다.

　　"조하."

　　"맡겨 주세요."

　　백령의 시녀가 방에 들어왔다.

　　익숙한 기색으로 이불과 함께 유리를 품에 들고, 방에서 나갔다.

　　"매일 밤 미안하다."

　　"백령님의 명령이기도 하니 신경 쓰지 마세요──. ……정말로 가벼우시답니다."

　　연령에 비해 가녀린 금발 미소녀에게, 조하가 자애로운 눈길을 보냈다.

　　자고 있는 모습은 전승에 나오는 선녀 같은 미모인데 말이지…….

　　"먹는 것도 양 자체는 늘어났어. 신경을 써줘."

　　"네♪"

　　조하를 복도까지 배웅하는데── 등골에 냉기가!

　　돌아보자, 옅은 분홍색 잠옷을 입은 백령이 불만스럽게 서 있었다.

　　"……왔어요."

"어, 어어."

평소와 같은 대화를 하고, 소꿉친구 소녀는 나보다 먼저 방에 들어갔다.

어린 시절부터, 이렇게 자기 전에 이야기를 하는 것은 우리들의 습관이었다.

"…………."

탁상의 병기 반을 한 번 보더니, 백령은 말없이 겉옷을 벗고 성큼성큼 침대로 가서 드러누웠다. 긴 은발이 넓게 퍼졌다.

"……오늘 밤도 유리 씨랑 병기를 둔 거군요. 단둘이서……."

그리고, 내 베개를 끌어안고 누운 채로 말했다. 명백하게 기분이 틀어졌군.

명령과 유리는 백령에게 귀중한 또래의 친구이며, 겨울 동안 계속 함께 지내기도 해서 양호한 관계를 쌓은 것 같았다. 자매 같았지.

그러나…… 밤 이야기는 예외인지, 독점하려고 한다.

나는 반과 말을 서랍에 넣고, 반론했다.

"단 둘이서 아니다. 유이가 있었어."

"그런 변명은 들은 적 없어요!"

벌떡 일어나더니 백령이 침대를 손으로 턱턱.

전에는 놀랐던 검은 고양이도 익숙해졌는지, 이불 위에서 동그래졌다.

어깨로 숨을 쉬면서, 은발을 곤두세운 소꿉친구 소녀가 날뛰었다.

"낮에는 이거다 저거다 다투는 주제에, 어째서 밤이 되면 둘이 사이좋게 대국을 하는 건가요?! 이상해요! 이상해요!"

"나, 나한테 묻지마."

"우~……."

불만을 드러내며 커다랗게 볼을 부풀리더니, 백령은 고개를 홱 돌리고 침대에 고쳐 앉았다.

이어서,

"──응."

"응?"

자기 옆을 가볍게 두드렸다. 어, 어어…….

내가 볼을 긁적이자, 백령이 삐친 눈으로 노려보고 반복했다.

"응~!"

"알았어. 알았다고. 화, 화내지 마."

막무가내인 장씨 가문 공주님에게 굴복하여, 옆에 앉았다.

곧장, 내 무릎 위에 머리를 올렸다.

"……정말이지. 척영은 심한 사람이에요. 낮에는 명령을 끌어안고, 밤에는 앳된 유리 씨를 속여먹다니. 뭔가 할 말 있나요?"

봄이 가깝다지만, 밤이 되면 그만큼은 추워진다. 물 난로가 없고, 화로도 멀다면 더욱 그렇다.

나는 백령의 어깨에 이불을 덮어주고, 다시 반론을 시도했다.

"……둘 다 누명이야."

"유죄입니다. 내가 정했어요."

"너, 너무해."

"너무하지 않아요. 너무한 건 척영이에요."

평소에도 이렇게 불평불만을 쏟아내긴 하지만, 오늘 밤은 한층 신랄하군.

흐트러진 소녀의 은발을 손으로 빗어 정돈해주고, 중얼.

"명령이라면 모를까, 유리는 말이다."

"……뭔가요?"

상반신을 일으킨 백령이, 이불을 나에게 덮었다.

"……감기 걸리면 안 되니까요."

빠르게 중얼거리고, 눈으로 말을 재촉했다.

"그게 말야—— 아마 그 녀석 자신이 연애 같은 걸 아직 이해 못하지 않을까? 대국을 하고 있을 때는 완전히 어린애 그 자체라고. 나이보다도 어리게 느낄 정도야. 나를 또래의 꼬맹이라고 생각하는 거 아냐?"

군사로서 유리는 정말로 굉장한 녀석이고, 전폭적인 신뢰를 할 수 있다.

그러나…… 일찍 자고 일찍 일어나며, 지기 싫어하고, 낯가림이 심한 소녀야말로, 유리의 본래 모습인 것 같단 말이지. 매일 밤, 잠들 때까지 내 방에 죽치고 있는 것은 단지 쓸쓸하기 때문일 거고.

"……그건…… 그럴 지도 모르지만……. 명령도 같은……."

백령도 짚이는 부분이 있었는지, 말을 머뭇거렸다.

곧장, 내가 놀렸다.

"아! 역시, 너도 그렇게 생각했지? 좋아좋아. 이제 공범이다."

"무슨! 비, 비겁해요, 척영!!"

"후하하핫! 이기면 되는 거야, 하하하하."

"······우~."

입술을 삐죽이고, 백령이 내 가슴을 토닥토닥 때렸다.

──바람이 창틀을 흔들자, 유이가 귀를 움직였다.

은발 소녀는 몸을 기울이고, 자신과 내 어깨를 붙였다.

싫지 않은 침묵 뒤에, 진지한 사과.

"······춘연, 떼어놔서 미안하다. 너, 그 녀석 마음에 들어 했는데."

"그걸 말하자면 당신도, 공연을 좋게 보고 있었죠? 『눈썰미가 좋다』라면서."

"그야, 뭐."

지난번의 비참한 전쟁이 첫 출진이었는데도 살아남은 이국 출신 쌍둥이를 임경으로 보낸 것은, 완전히 내 억지였다.

전장에서 보기 드문 재능을 보였기에······ 소년소녀는 죽기 쉽다.

수많은 자가 우쭐거리게 되기 때문이다. 각 문헌이 그 냉철한 사실을 가르쳐 준다.

이것은 천 년 전에도, 지금 세상에도 변함이 없으리라.

살아 있으면, 그 쌍둥이는 언젠가 장씨 가문에 커다란 은혜를 불러온다. 죽게 두기엔 아깝다.

······장씨 가문에 거두어진 이후, 내 억지를 밀어붙인 것은 백령이 연관된 것 말고는 처음일지도 모른다. 뭐, 춘연은 백령 휘하

였지만.

긴 의자 위에서 동그랗게 몸을 말고 잠든 검은 고양이를 바라보며, 중얼거렸다.

"솔직히 너도 명령이랑 같이 수도로, 윽! 배, 백령 씨……?"

내 목덜미에 백령이 송곳니를 대고서, 찌릿.

볼이 아주 약간 빨갛다.

"……계속 말하면, 물어요."

"벌써 물고 있잖아?! 에잇, 장씨 가문 공주님씩이나 되는 자가 망측하게."

"괜찮아요. 당신밖에 안 무니까요. 하읍."

"그게 뭔 소리야! 우웃."

내가 더욱이 계속 물려는 백령을 말리려는데── 반대로 밀려서 드러누워 버렸다.

바로 앞에 누구보다도 보아 온 소녀의 얼굴.

눈동자가 촉촉하고, 살며시 내 볼을 손가락으로 매만진다.

"나는 당신 곁에 있어요. 때로는 등을 맡기고. 때로는 등을 맡아서. ……설령."

아아…… 이 녀석도 깨닫고 있는 거군.

다음 전쟁은 『적랑』이나 『회랑』, 그리고 그 무시무시한 검은 옷의 장수── 유리의 부모님과 일족의 원수이자 추격전에서 서비응이 이끄는 서가군 잔여를 괴멸시킨 【흑인】 기센과 싸우는 것보다, 훨씬 어려울 것을.

소녀가 나를 향해 누구보다도 아름답게 웃었다.

"그것이 죽음을 각오해야 하는 전장이라고 해도."

"…………백령."

전장에서 주운 아이인 나를, 문자 그대로 구해준 은인에게 손을 뻗었다.

그러자, 백령이 내 위로 쓰러졌다.

침대 옆의【흑성】과【백성】이 소리를 냈다.

내 손을 잡고, 자기 심장을 밀어붙이며, 은발의 소녀가 눈을 감았다.

"이제 와서, 『나 혼자 희생한다』라는 건, 절대로 못 해요. 못하게 할 거예요."

작고 조용하다. 그러나── 무시무시한 각오.

나는 조금 주저한 다음, 백령의 어깨를 끌어안았다.

움찔. 가녀린 몸이 떨렸다.

등을 천천히 쓰다듬어주고, 아명으로 불렀다.

"정말이지…… 설희는 제멋대로구나."

"……여러 번 말하게 하지 마세요. 당신한테만 그래요."

"그럼, 내가 제멋대로 굴면?"

"물론 안 들어줘요."

"너무해! 장백령 님, 너무해!! 왕명령보다도 악랄해!!!"

"여기서, 그 이름을 꺼내지 마세요. 물 겁니다."

"그, 그러니까 물지 마!"

""——후후후.""

둘이서 웃었다. 어느샌가 다가온 유이도 오도카니 앉아서 한 번 울었다.

괜찮다. 우리가 함께 하는 한, 절대로 전장에서 죽지는 않는다.

지난 천 년 동안 갖가지 전설로 채색된【쌍성의 천검】을 가진 자는, 전장에서 쓰러지는 게 용납되지 않으니까.

손과 손을 맞잡고, 고개를 끄덕였다.

"뭐, 잘 부탁할게."

"네. 부탁받았어요."

*

"위대한【천랑】의 천자—— 아다이 황제 폐하! 존안을 배알하여, 황송무지로소이다. 문무백관, 어전에 모두 모였사옵니다! 명령을 내려주소서!!"

현 제국의 수도『연경』.

황궁 중추의 커다란 대전에, 전장에서 사자후를 하는 것처럼 노원수의 묵직한 목소리가 울려 퍼졌다. 자리를 지배하는 긴장과 고양. 나쁘지 않구나.

옥좌에 앉은 나—— 현 제국 황제 아다이 다다는 너그럽게 왼손을 들어, 명했다.

"다들, 잘 모여주었다. 고개를 들고 착석하여, 편히 쉬거라."

『예!』

한 치의 흐트러짐 없는 모습으로 장수와 문관이 고개를 들고, 준비된 자리에 앉았다.

내 나라가 자랑하는『사랑(四狼)』중에서, 북방에서 혁혁한 전과를 세운『금랑(金狼)』과『은랑(銀狼)』형제.

작전 계획을 변경하여 불러들인, 현 나라 최강의 용사【흑인(黑刃)】. 이제는【흑랑(黑狼)】이 된 기센.

그 밖에도 기라성 같은 맹장, 용장, 지장들이 무수하다.

서북에서 만족을 소탕하고 있는【백랑(白狼)】과【서동】을 맡긴 군사 하쇼를 제외하면, 주요 장수가 모두 이 자리에 모였다.

전생의 나──황 제국『대승상』왕영풍이라 해도, 만족을 느꼈을 진용이라 할 수 있으리라.

물론【천검】을 가진 붕우, 황 제국『대장군』황영봉 한 명을 넘어설 수는 없겠다만.

나는 한 손을 팔걸이에 올리고, 아무것도 아니란 듯 고했다.

"이번에, 각지에서 모두를 불러들인 것은 다름이 아니다──남정에 대해서야."

난로 안에서 장작이 갈라지는 소리를 내는 가운데, 술렁거림이 일었다.

말할 것도 없지만, 모두 호의적이다. 내 신하 중에 천하통일을 꺼리는 무리는 없다.

종자에게 오른손으로 술잔을 받았다.

안에는 복숭아의 대수가 일 년 내내 꽃을 피우는『노도』에서 만들어진 술이 담겼다.

"지난 며칠 동안에도 추위가 누그러졌더구나. 대운하의 얼음도 녹기 시작했고, 조금 지나면 배의 항행에도 지장이 없어질 것이야. 영의 좋은 장수와 용감한 병사들은 서동의 땅에서 흙으로 돌아갔고, 이제 우리들을 가로막는 것은, 경양에 틀어박힌 장태람뿐이라."

7년 전── 전장에서 선제가 붕어하고 내가 즉위했을 때, 본영으로 하염없이 공격해온 검은 수염의 용장을 떠올렸다. 인연을 끊어야겠지. 나는 술을 단숨에 들이켰다.

일어서서, 백관을 내려다보았다.

긴 백발을 쓸어 올리고, 여자 같은 가는 손을 들었다.

"이제 그만, 놈과 싸우는 것도 질리는구나. 결전을 각오하라."

『오 오 오 오 오 오 오 오 오 오 오!!!!!!!!!!!!!!!!!!!!』

모두가 주먹을 들어올려, 함성을 질렀다.

전의가 참으로 높구나!

『장병은 적극책을 좋아하는 법이야. 병문졸속(兵聞拙速)이라, 라는 거지.』

……영봉, 너는 언제나 옳아.

내가 전생의 붕우를 생각하고 있는데, 가장 앞에 있던 근골이 융성하며 은색의 군장을 입은 단구의 사내──『은랑』오바 즈소가 바닥에 주먹을 대었다.

"폐하! 선봉은 부디 신에게 맡겨 주시옵소서!! 구엔과 세우르의 원수, 제 도끼로 반드시 갚아 주겠습니다!!!"

『은랑』나리는 얼마 전 북방 전선에서 커다란 공을 세웠으니.

폐하, 부디 저의 사모(蛇矛)에도 기회를 내려주시옵소서…….."

장신에 늘씬하여 여유가 연상되는, 군장이 금빛으로 장식된 장수『금랑』베테 즈소도 끼어들었다.

그 말에 오바가 대들었다.

"형님! 그건 내 공이 아니야. 전부, 형님의 책략이 잘 되었기 때문 아닌가? 그런데, 전공을 나한테 떠넘기다니……."

"모두 너의 무력으로 이룩한 것이다. 나는 아무것도 안 했어."

"그렇지만."

"아우여. 이 형은 너의 영달을 언제나 바라고 있다. 얼른 나보다 높아지거라."

외견은 전혀 닮은 구석이 없는 현의 명문, 즈소 가문의 형제는 공을 서로에게 양보했다.

형은 아우를, 아우는 형을.

대초원에서 말과 함께 살아온 현 나라 백성에게, 피가 이어짐은 무엇보다도 중요하다.

단순하다. 그러나…… 조금은 부럽군. 나는 노원수에게 눈짓을 했다.

"어흠── 그대들, 폐하의 어전이로다."

""……실례했사옵니다!!""

선선대 황제부터 섬기며 수많은 장수를 키워낸 노장의 한마디를 듣고, 두 마리『늑대』가 등을 쭉 수직으로 뻗었다.

북방 만족들이 벌벌 떠는 즈소 형제의 흔히 볼 수 없는 모습에 다들 실소를 흘리고, 건실함으로 이루어진 기센마저도 눈가를 움직였다. 나는 작은 왼손을 흔들었다.

"되었다. 사이가 좋은 것은 아름다운 일이야."

정말이지 그렇다.

아아…… 영봉. 영봉이여.

여한 없이 갔을 효명이 이번 세상에 없는 것은 알겠다만…… 네가 곁에 있어 준다면, 나는 귀찮은 황제 따위 하지 않고 내정에 전념을 했을 것을. 박정한 녀석이로다.

마음속으로 불평을 마치고── 허리에 찬 단검을 뽑았다.

"선봉은 『금랑』과 『은랑』."

"" **예!!** ""

송곳니를 드러낸 즈소 형제가 주먹을 맞부딪혔다.

장태람이라 해도, 『사랑』 둘을 당해낼 수는 없으리라.

물론, 정면으로 싸울 셈도 없다. 강자와 싸우면 아군도 상처를 입는다.

단검을 움직이며 경양 서방을 서동군과 함께 공격했어야 할, 왼쪽 볼에 깊은 상처를 가진 검은 머리의 용사에게 명했다.

"후진은 【흑랑】과 새로 편성된 『흑창기』. ──기센, 서동에서부터 긴 여행으로 수고했구나. 출격할 때까지, 우선 느긋하게 피로를 치유하거라."

"……받들겠습니다."

의문도 있겠지만, 현 나라 최강의 용사는 감정을 겉으로 드러내지 않고 고개를 숙였다.

이 자는, 불손하게도 【천검】을 가졌다는 장씨 가문의 아들과 딸을 치거나, 혹은 포박을 해줘야 한다.

"나는 전군이 집결하는 대로, 대하의 『삼성성』으로 들어가, 내 군사 하쇼가 이끄는 서동군 10만과 호응하여──."

단검을 칼집에 넣고, 백관들에게 이번 작전 목적을 드러냈다.

"일거에 경양을 공략하리라. 그리하면 머지않아 천하를 통일할 수 있을 게야."

『만사, 맡겨만 주시옵소서!!!!!!!!!!!!!!!』

모두가 화창하여, 커다란 대전이 떨렸다.

역시, 나쁘지는 않다. 충실하다, 라고 해도 좋을 것이야.

……허나, 부족하구나. 마음의 기아가 충족되지 않는다.

어쩔 수 없이, 영봉이 있어 주었다면, 이라고 생각해 버리는 것은 고칠 길이 없는가? 어려운 일이다.

소란 속에서, 오바가 손을 들었다. 실내가 조용해졌다.

"폐하, 군사 나리에게 기병을 주지는 않으시는지요?"

경양 서방은 평원이 펼쳐지고, 우리 군의 태반을 점하는 기병이 힘을 발휘할 수 있는 땅. 질문은 지당한 것이다.

나는 종자에게 지시하여, 두루마리를 오바에게 하사했다. 밀정이 현재 경양을 그린 것이다.

서방에는 무수한 망루와 뱀과 같은 장대하고 복잡한 호가 있다.

"이것은……."

"아무래도 놈들은 꾀를 부려 경양 서방에 기병용 진지를 쌓은 모양이다. 이를 무시하고 강공한다면, 희생이 늘지 않겠느냐? 승전이 분명할 진데 무의미하게 병사를 죽이는 어리석은 자가 되고 싶지는 않구나."

"오오…… 참으로 자비로우신 말씀…………."

오바가 몸을 떨면서 커다란 눈물을 흘렸다. 대초원에서 태어난 자들은 기질이 순박하다.

겉으로만 그런 것이 아니라, 이면에도 이유가? 라고 생각도 하지 않는다.

연경에서 태어났다는, 오바의 형인 베테가 송구한 기색으로 입을 열었다.

"폐하, 한 가지만……."

"허하노라. 말해보라."

"감사하옵니다."

『금랑』이 백관의 말석을 가리켰다.

──서른 전후인 수수한 얼굴의 남자.

"저 말석에 앉은 **영 나라** 장수는 어떤 자인지요? 외람되오나…… 7년 전 남정 때, 전장에서 본 기억이 있사옵니다."

"…………."

남자는 답하지 않았다.

현 나라 안에서 사실상 나라가 멸망한 과거의 북영(北英) 출신자의 지위는 높지 않다. 실제로, 늘어선 백관의 시선이 차갑다.

내 대가 된 이후, 민족과 신분에 상관 없이 인재 등용을 추진하고는 있다만…….

아직 갈 길이 멀다는 것인가.

차가운 사고를 조금도 드러내지 않고, 상찬했다.

"과연『금랑』훌륭하도다! 놈은 영에서 항복한 장수 중 한 명, 위평안(魏平安)이다."

"황공하옵니다."

베테는 깊이 고개를 숙이고, 물러났다.

지장으로 알려진 터라, 내 의도를 이해한 것이리라.

"지난해, 우리는【서동】을 복속하고, 불손하게도 침공해온 영의 무리들을『난양』땅에서 대파했다."

경양에 대한 2정면 공세 태세의 확립.

대국을 미루어 보아── 우리는 이미 승리해 있다.

장태람과 그 딸과 아들이 아무리 전장에서 분전을 하여도, 언젠가【영】은 우리들의 압박에 굴하리라.

노재상 양문상은 조금 성가시다만, 임경의 궁중에 숨어든『쥐』도 쓸만하다.

──그래도, 나는 방심 따위 않는다.

"그러나, 동시에『적랑』구엔 규이와『회랑』세우르 바토를 잃었다. 이것은, 통한스럽구나."

이 자리에 있어야 했을 충실하기 짝이 없는 두 마리의『늑대』를 생각한다.

기센과【백랑】을 더해,『사랑』의 태세는 복원을 했다만…… 장수를 잃은 지휘관 따위, 어리석기 짝이 없다.

영봉은 지휘하던 장수를 누구 한 사람도 잃지 않았다.

백관들에게 힘차게 통달했다.

"따라서, 이번 남정에서는 돌다리를 두드리기로 했다. 그 일익을 맡은 것이 평안이야. 북동 변경의 땅에서는 비할 바 없는 전공을 세웠다. 이후로, 기억해두거라."

『……예.』

마지못해, 라는 기색으로 현의 늑대들이 고개를 숙였다.

편견을 불식하려면 시간이 걸리겠구나.

표정을 의도적으로 풀었다.

"허면, 다들 잔을 들도록 하라. 오늘 밤은 질릴 때까지 함께 술을 나누자꾸나."

조용해진 심야의 대전에서 나는 홀로, 술을 마셨다.

연회는 진작에 끝나고, 곁에는 호위로 대기하는 기센뿐이다.

……내일은 노원수에게 간언을 들을지도 모르겠구나.

검소한 꽃병에 장식된 『노도』의 꽃을 아끼고 있는데, 기둥의 그림자가 흔들렸다.

"기센, 괜찮다. 손님이야."

"…………."

반응하는 검은 옷의 용사를 말리고, 술을 들이켰다.

모습을 드러낸 것은 여우 가면을 쓴 작은 인물.

어둠 속에 숨어든 『천호』라는 밀정 조직에 있는 자다. 이름은, 연, 이라 했던가.

인사도 없이, 용건을 고한다.

"네놈의 계획대로—— 현재, 가여운 서씨 가문의 장자에게 전 조가『독』을 넣고 있다. 머지 않아 수중에 떨어지겠지."

"그렇군."

짧게 응답했다. 서씨 가문의 장자는 그토록 가엾고도 어리석은고.

영의 노재상, 양문상…… 귀공의 명운도 이제 정해진 모양이구나. 유감이야.

연이 기센을 일별하고 물었다.

"하쇼를 도읍으로 부르지 않은 이유는 뭐지? 경양의 방비가 증 강되었다 해도,【흑인】마저 빼앗다니."

"녀석은 그러는 편이 분발할 것이야. 정을 미처 버리지 못하는 군사에게는 다소 냉우하는 것이 효과가 좋지."

『천호』 출신이며,【왕영】의 군략을 갈고 닦았다 자칭하는 미숙 한 군사를 떠올렸다.

치기가 재미 있는 그 소인(小人)은 긍지가 높고, 또한 어중간하 게 양식을 가졌다.『회랑』세우르 바토의 죽음에 책임을 느끼고 있기도 할 것이다.

공적을 올리고자 지혜를 짜낸다면 좋으리라. 실패하더라도…… 충분한 도움이 된다.

나는 두루마리를 펼치고, 눈길을 떨구었다.

경양을 지키는 성벽처럼, 대하를 따라 구축된『백봉성』.

"그 일——【그분】의 말은 틀림이 없겠지?"

"자신만만하더군. 전후에『포상을 받고 싶다』라고도 했다. 설령 빗나간다고 해도, 네놈의 승리는 흔들리지 않는다."

그 선술에 빠져 서동의 어둠 속에서 꿈틀대는 **보라색 머리칼**의 요녀가 그렇게까지 말한다면, 믿어도 될 것이야.

미끄러지듯 다가온 연이 노래하듯 내 작전을 귓가에서 속삭였다.

"적군을 압도하는 대군. 북과 서에서 동시 침공. 그에 더해──."

깨닫지 못하는 사이에 대하 하류 부분에 베인 자국이 있었다.

여우 가면 안쪽에서 차가운 **창안**이 보였다.

"성가신 장태람을 경양에서 끌어내면, 영나라 군에 승산은 없다. 설령,【쌍성의 천검】을 가진 자가 있더라도. ──무운은 빌지 않는다. 그럴 필요가 없을 테니."

밀정은 기둥의 그림자에 들어가, 사라졌다.

나를 이용해 천하의 통일을 바라는 기묘한 놈들이지만……【그분】과 마찬가지로, 쓰기 나름이리라.

어두운 천정을 바라보았다.

"가여운 서씨 가문의 장자란 녀석을 쓰지 않아도 되면 좋겠건만. 아무리 나라도, 다소는 연민을 품고 있음이다. ……하나, 그것과는 별개로."

내 책략을 영봉은 어찌 생각할 것인가……?

비정하다고 탓할 것인가? 아니면, 납득해줄 것인가?

대답이 없는 채, 나는 눈가를 손으로 덮고── 결의를 굳혔다.
난로의 불꽃이 바람에 격렬하게 흔들렸다.

"장태람── 그리고【천검】을 가진 자들과의 인연. 이번에 모두
끝내도록 하지."

제2장

"오오~…… 조금 못 본 사이에 꽤 공사가 진행됐구만."

눈 앞에 펼쳐진 광경을 보고, 나는 감탄했다.

명령 일행을 『임경』으로 배웅하고서 보름.

『척영아, 놈들의 침공이 재개되기 전에 한 번 더 군을 단련한다. 도와다오.』

의부님이 그렇게 청하여, 결국 오늘까지 『경양』의 서방에는 오지 못하고, 백령과 유리에게 맡기고 있었는데…….

"토루(土壘)를 몇 겹으로 만들고, 무수한 호를 두르고, 상황 확인용 망루까지 올린다. 유리가 말한 것처럼 대단한걸!"

감시용 망루 위에서 나는, 이 자리에 없는 군사를 열심히 칭찬했다.

주위의 병사들이 실소를 흘리고 있어서 『뭐가 웃긴데?』하고 거창하게 어깨를 늘어뜨렸다.

이번에는 숨기지 못하는 커다란 웃음소리가 퍼지고, 진지 구축에 여념이 없는 병사들과 토목 작업을 돕고 있는 주민들까지 고개를 들었다.

손을 흔들려는데, 옆에서 들으란 듯이 헛기침.

"——어흠. 척영. 들뜨지 마세요. 다들 보고 있잖아요?"

지난 보름 동안 밤 이야기에서 정보 교환은 하고 있었지만, 낮에는 같이 행동하지 못한 백령이 파란 눈동자를 감고서 나에게 주의를 주었다.

허리에는 【백성】을 차고, 하얀색 기조의 군장을 입었다.

붉은색 머리 끈으로 묶은 은발이, 부드러운 봄의 햇살을 반사했다.

"진심이라니까. 실례했다."

『예!』

파수병들에게 인사를 하고, 사다리를 타고 아래로 내려갔다. 백령도 옆의 사다리로 따라온다.

중간에 주위를 둘러보고, 정지했다. 절경이군.

"척영, 위험해요!"

"······오오."

백령에게 혼나서 강하를 재개했다. 무서운 공주님을 거스를 수는 없지.

그건, 그렇고······.

후방에는 경양의 성벽. 전방에는 토루와 땅을 파낸 뱀 같은 호와 대평원.

경치는 최고로 좋지만, 감시탑은 투석기가 맨 먼저 노릴 것 같은데.

【현】의 속국이 된 【서동】은 기술력이 뛰어나다.

전에 경양 공방전이나, 난양의 회전에서는 대형 투석기로 공격을 해서 뼈아픈 타격을 입었다.

토루와 호로 기병이나 중장보병의 움직임은 방해할 수 있겠지만, 석탄이나 금속탄의 손해를 얼마나 막을 수 있는지는 싸워봐야 알 수 있는, 가.

생각에 잠겨 있는 사이, 무사히 땅에 도착했다. 중간에 백령을 추월한 모양이군.

조금 남은 것 같으니, 다가가서 손을 내밀었다.

"괜찮냐?"

"괜찮아요…… 어린애 취급은 그만, 아!"

투덜투덜 말하면서도, 은발 소녀는 손을 잡고── 방심했는지, 사다리에서 발을 헛디디고 말았다. 나에게 안기듯 땅에 내려섰다.

병사와 주민들이 환성을 지르고, 휘파람이나 손가락 피리를 불었다.

"도, 도련님?!"

"드디어 각오를?"

"다들, 진정해라! 진정하라고!!"

"군사님 말씀을 떠올려라, 두 분에게 이 정도는 일상이거든?"

『그렇네!』

……이 자식들. 그리고 유리 녀석은 나중에 설교를 해주겠어.

"──……아우."

내 품 안에서 백령은 볼과 목덜미를 사과처럼 빨갛게 물들이고 몸을 움츠렸다.

등을 쓰다듬고, 손을 놓았다.

"……척영은 바보…………."

시선을 올려 쳐다보면서, 백령이 불만스럽게 입술을 삐죽였다.

……아니, 어쩌라고?

볼을 긁적이고, 성실하게 감상을 논했다.

"『기병을 막을 거면 토루와 호』. 대부분의 군략서에 적혀 있지만, 이 정도 규모가 되면 장관이구나. 유리의 집념이군."

백령이 손으로 자기 복장을 가다듬고, 이어서 내 군장을 정돈해 주었다.

창안에 예리함.

"그 투석기 대책이기도 하다고 해요. 유리 씨는, 노획물의 시험 사격과 난양의 실전으로, 정확한 사정거리를 산출했습니다. 감시 망루는 전열의 방루(防壘)가 있는 지점에 투석기를 설치해야 비로소 닿는 위치에 세웠어요."

"아아, 그렇군. 본체를 설치하고자 해도, 이만큼 토루와 호투성이라면 애당초 어렵겠구만. 평평하게 땅을 다지는 것도 귀찮고. ……아니, 그냥 눈치 못 챈 우리가 바보군."

"유리 씨가 영리한 건 동의하지만, 바보는 당신뿐이에요."

"뭐?! 너 치사하게!"

대화를 나누면서, 서로 거리감을 되찾아간다.

유리가 먼저 자버리기도 해서, 일과인 밤 이야기는 기본적으로 단둘이다.

보름 만에 이렇게 햇살 아래서 만난 탓인지, 이상하게 긴장을 했던 걸까?

뒤통수에 양손을 돌리고, 진지 안을 걸으면서 옆에 있는 소녀에게 물었다.

"유리 녀석, 『백은성』은 어떡한대?"

"아버님에게 폐성을 진언했다고 해요. 『유감이지만…… 장씨 가문은 이제 병사 한 명도 잃을 여유가 없어』라고 하더군요. 정찰은 기병의 수를 늘려서 대응하는 것 같아요."

"가차 없구만. 뭐, 찬성이야."

서쪽 평원에 있는 폐요새 터에 구축된 성은, 『적랑』이 습격할 때 활용은 되었지만, 그 이후로 반쯤 방치되어 있었다.

수백의 병사로는 만을 넘는 적군에게 『방패』도 되지 못한다. 수리도 무의미하다. 그러면, 모든 병력을 경양에 집중하는 게 이치에 맞는다.

이윽고, 우리는 실제로 토루와 호를 만들고 있는 현장에 도착했다.

작업중이라 흙투성이인 모두의 손에는 그 기묘한 공구── 야삽을 쥐고 있었다.

"아, 도련님이다."

"백령 님! 오늘도 아름다우십니다."

"무슨 일이시지?"

"하염없이 흙을 파서 쌓고, 파서 쌓고 있습니다."

"이 공구, 편리해요!"

우리를 발견하고, 병사와 주민들이 차례차례 말을 걸었다.

사기는 지극히 높다!

지난번 침공과 달리, 【장호국】이 경양에 있다. 이것이 참으로 크군.

주저 없이 현장에 발을 들였다.

"현장을 좀 보라면서, 군사 나리랑 우리 아가씨가 시끄럽거든. 자, 너희들도 얼른 파고, 쌓아라! 루는 높게. 호는 깊게── 북방의 마인 놈들을 고생시켜줘야지. 좋~아! 기왕이니 내가 시범을 보여주지. 그 공구 빌리자."

와아. 대환성이 올랐다.

나는 딱히 잘난 것도 아니지만, 현장에서 지휘관이 몸을 움직이고 땀을 흘리는 것에는 의미가 있다.

설령, 그것이 연기라 해도.

연대감, 이라는 걸까?

그런 의식을 병사들에게 주는 것이 좋은 장수다. 효명이 특히 그걸 잘했지.

사람의 본질은 고작해야 천 년 정도로 변하지 않는다.

옆에 세워둔 야삽으로 흙을 파냈다.

"헤에~. 역시, 이건 괭이보다 쓰기가 쉬운, 데!"

명령에게 부탁할 물건이 또 늘었군. 영 나라 군의 정식 장비로 삼아도 좋을 정도야.

검 같은 삽날 끝을 땅에 박고, 나는 돌아보았다.

"백령, 나는 여기서 작업을 할 테니까, 시찰을 계속──."

"이거, 빌릴게요."

야삽을 손에 들고, 은발의 소꿉친구가 내 옆으로 왔다.

새침한 표정으로 한 마디.

"……나도 하겠어요."

"아니, 그건."

튀어나온 돌에 야삽을 박아서, 깔끔하게 절단했다. 우와아, 절삭력이 좋군.

백령이 그야말로 아름답게 웃었다.

"하 겠 어 요. 괜찮겠죠?"

"어, 어어…… 아, 알았어."

끄덕끄덕. 고개를 움직여 동의했다.

……왜 그렇게 화를 내는 거야?

"도련님, 약해~."

"백령 님도 참 힘드시겠어요……."

"고맙습니다요."

"익숙해지면, 꽤 즐겁기도 합니다."

"두 분의 공동 작업, 모두에게 알려야지!"

"너희들……?"

찌릿. 주위에 있는 녀석들을 노려보자, 일제히 흩어져 작업으로 돌아갔다.

나는 검은 머리를 헝클어뜨리고, 익숙지 못한 손놀림으로 공구를 다루는 소녀에게 불평했다.

"……정말이지. 병사랑 같이 토루를 만들고, 호를 파는 명가의 여식이라니, 천하에 장백령밖에 없을걸? 나야 주워서 키웠으니, 별개라 치고."

"…………."

야삽을 만들다 만 토루에 힘차게 푹 꽂고서, 은발의 미소녀가 이쪽을 보았다.

범상치 않은 기운!

조심조심 물었다.

"배, 백령 씨? 무, 무슨 일이, 힉."

섣부르게도 한심한 소리를 내고 말았다.

볼에 강풍을 느끼는 것과 동시에 백령이 왼손을 앞으로 뻗어, 나를 토루에 밀어붙였다.

미소녀의 얼굴에 강한 삐침이 떠올랐다.

"……당신도."

"으, 응?"

동요한 나머지, 어색한 낌새로 다음 말을 기다렸다.

병사와 주민들이 싱글거리며 우리를 보고 있는 걸 알 수 있었다. 큭!

그러나, 당사자인 백령은 깨닫지 못하고 눈앞에서 날 탓했다.

"당신도 『장씨 가문』이잖아요? 어째서 지금, 자기는 예외로 친 거죠? 혹여……『장』씨 성이 싫은 건가요? 농담도 적당히 하지 않으면, 아무리 온화한 나라도 화가 나거든요?"

"온화? 나한테는 언제나 엄격──."

이번에는 오른쪽 볼에 바람을 느꼈다. 토루에 주먹이 박혀 있다.

장백령이 양손을 당기고, 꽃이 만개하는 것처럼 웃었다.

"뭐라고요?"

"아하, 아하하하. 노, 농담, 농담이야. 아, 물 마실래?"

"…………."

표정을 파르르 떨며 품에서 죽통을 꺼내자, 가는 손에게 빼앗겼다.

……한심하다고?

무슨 일이든 일단 살고 봐야 하는 거다. 그리고 점수를 벌어두지 않으면, 오늘 밤에 아무리 시간이 지나도 자기 방에 안 돌아가려고 한단 말야.

하지만, 주워온 자식인 건 사실이니까 나는 잘못한 거 없어——
주변 녀석들의 눈이 이렇게 말한다.

『도련님이 잘못했어요!』

……이 자리에 내 편은 없는 모양이군. 팍팍한 세상이야.

힘이 빠져서, 야삽에 눈길을 내렸다.

명백하게 지금까지 쓰던 공구보다도 진지 구축에 적합한 것인데.

"수를 더 늘려야 한단 말이지."

"유리 씨도 그렇게 말씀하셨습니다만."

"시간 맞추기 어렵겠지."

물을 마신 백령에게 죽통을 받았다.

지금부터 부탁해도, 현의 침공 개시 전까지 도착하지 않을 거야.

왕명령이라도, 임경과 경양 사이에 있는 거리를 완전히 극복할 수는 없다. 그것은 그 외륜선을 이용해도 마찬가지.

화창이나 내가 사용하던 강궁도 수를 늘리고 싶지만…… 아니, 같은 말만 하고 있네.

모든 것은 근래 시작될 『결전』이 끝난 다음에 생각하자.

"척영, 지금은."

"……그래!"

백령도 같은 생각이었나 보군. 아, 볼에 흙이 묻었다.

나중에 닦아줘야지──.

"척영 님! 백령 님! 여기 계셨습니까!!"

발랄한 젊은 장수의 목소리에 사고가 끊어졌다.

발 빠르게 다가온 것은, 수많은 격전을 살아남아 지금은 어엿한 장수로 인정받고 있는 례엄의 친척──정파였다.

나는 상처투성이 투구와 갑옷을 입은 정파에게 야삽을 건네고 명했다.

"알고 있어. 유리가 재촉한 거지? 뒷일은 맡긴다."

"예! 맡겨 주십시오!! ……서두르시는 편이 좋겠습니다."

선낭님이 화났나 보군.

아니…… 화창 견학을 하러 오는, 례엄 일행의 상대를 혼자 하기 싫은 걸까?

나는 백령을 보았다.

"이동하자. 할아범과 군사 나리를 기다리게 할 수는 없으니까. 아, 그 전에──."

"척영?"

신기한 기색의 소녀를 무시하고, 나는 대나무 수통을 꺼내 천을 적셨다.

지저분해진 백령의 볼을 닦았다.

"꺅. 처, 척영……?"

커다란 파란 눈동자는, 옛날부터 어떤 보석보다 예뻤다.

『은발창안의 여자는 재앙을 부른다.』

천 년 전에도 들었던 곰팡이가 핀 옛말이지만, 나한테는 재앙이 없네. 응.

손도 닦아주고, 등을 가볍게 밀었다.

"예쁜 얼굴에 흙을 묻히고 갈 필요 없잖아? 자, 가자."

"…………우~."

만들다 만 호에서 한 발 먼저 나와, 걷기 시작했다.

유리는 경양 북방의 황야에 있다.

할아범 일행이 신병기인 화창을 어떻게 생각할까── 볼에 젖은 천이 닿았다.

"윽! 배, 백령?"

전방으로 돌아온 은발창안의 소녀가 새침한 표정으로 손을 움직였다.

다만, 볼이 살짝 빨갛게 물들어 있었다.

"지저분해진 걸 닦았을 뿐이에요. 문제 있나요?"

"……아니, 없, 습니다."

단호한 결의가 보여서, 나는 전면항복을 선택했다. 그저 몸을 맡긴다.

우리들 모습을 즐거운 기색으로 지켜보던 주변의 병사와 주민들이, 작업하던 손을 멈추고 표정을 풀었다.

『도련님, 소중히 여겨지고 있네요♪』

⋯⋯눈은 입과 다름없다. 참 말 잘했어. 진짜.

나는 볼에 이어 양손까지 닦으면서, 호통을 쳤다.

"에잇! 너희들, 저리가! 저리가!!!!"

사사삭. 뿔뿔이 흩어져서, 모두가 작업하러 돌아갔다.

의부님과 백령, 례엄과 정파한테도 다소의 경외를 느끼고 있을 텐데⋯⋯ 왜 나만 놀리지. 아니, 유리는 귀여워할지도 모르지만.

"정말이지. 저 녀석들. 귀엽다 하는 건 유리한테나 해야 한다고 생각지 않냐?"

"유리 씨는 다들 공경하고 있어요. 말을 준비할게요. 서둘러주세요."

"뭐, 라고?"

백령에게 잔혹한 현실을 듣고서, 나는 아연해졌다.

그, 그럴 수가⋯⋯ 그 꼬맹이 군사 나리를? 말도 안돼!

붉은색 머리끈과 은발을 나부끼면서 기분 좋은 기색으로 걸어가는 소녀의 등을 노려보는데, 정파가 말을 걸었다.

"다들 장 장군, 백령 님과 군사님, 그리고── 척영 님을 믿고 있습니다. 저도 그렇습니다만."

"의부님은 물론이고, 백령과 유리는 그렇다 치고, 나를 믿는다니 기특하기도 하군."

무뚝뚝하게 답하고, 작업 현장을 둘러보았다. 모두의 얼굴에 진지함과 웃음이 넘친다.

──적은 대군. 아군은 소수.

증원을 바랄 수도 없고, 그저 분투해야 한다.

그런 절망적인 상황이라도 경양에 살아가는 자들은 포기 따위 하지 않았다.

그러면, 나도 최선을 다해야지!

조용히 청년 무장에게 질문했다.

"정파—— 서동에서 돌아온 녀석들은, 언제든지 움직일 수 있 겠지?"

"지원자를 더해서 약 3천 기. 모두 기마 사격이 가능합니다."

북방의 『백봉성』에 정예병 3만. 의부님이 반격용으로 쥐고 있 는 예비 병력 1만.

경양 서방의 수비대 2만은 움직이기 어렵다.

나랑 백령이 한 부대를 이끌고, 기병의 기동력으로 밀어붙이며 돌아다니지 않으면…… 승산이 없다.

포로의 이야기를 들어보면, 지난번 경양 공방전 때는 『적랑』구 엔 규이가 서방으로 정면 공격을 고집했었다. 군을 분파하여 『백 봉성』의 배후를 찌르지 않은 것은, 장수로서의 오기에 따른 것.

그 이상도 그 이하도 아니다. 적장이 누군지는 모르지만, 인연 도 없으니까.

온화한 봄바람이 불어, 새로운 흙냄새를 가져왔다.

정파의 심장에 주먹을 대었다.

"겨울은 이제 지났어. 얼마 안 가 놈들의 침공이 시작된다. 그 3천 기는 나랑 백령이 직접 이끌고, 유리의 지휘에 따른다. 이번 전쟁은, 악전고투야. 여러모로 각오해둬라."

"예! 다들, 이미 각오를 하고 있습니다. 안심하십시오. 장척영 님."

*

"미안, 기다렸지!"
"유리 씨, 기다리셨죠."

경양 북방에 펼쳐지는 황야. 가설 파수탑이 설치된 이름 없는 언덕.
대하 남녘의 『백봉성』이 저 멀리 보이는 땅에서, 파란 모자를 쓴 소녀—— 군사 유리는, 고대의 선인(仙人)이 만들었다는 망원경을 들여다보고 있었다.
유리가 남자를 조금 어려워하다 보니, 이 자리에는 무장한 조하와 몇 명의 여성 병사들뿐이다.
평야 부분에는 기묘한 막대를 든 수백 명의 병사가 정렬해 있었다. 할아범은 아직 안 왔군.
나와 백령이 말에서 내리자, 망원경을 넣은 유리가 놀렸다.
"늦었네. 둘이서 밀회라도 했어? 이쪽은 벌써 준비 끝났어."
"! 미, 밀회라뇨……. 그, 그런…………. 나, 나랑 척영은 그런 게 아니고. 하, 하지만 장래는 알 수 없지만요. 하지만——."
방금 전까지 씩씩했던 장백령은 어디 갔는지. 양쪽 볼을 누르고 그 자리에서 몸을 흔들었다.
예상대로, 조하와 여성 병사들이 자애로운 시선으로 나와 백령을 보았다.

……우리 집안 녀석들은, 백령한테 너무 물러.

나는 동요하는 은발 소녀를 내버려 두고, 유리에게 답했다.

"둘이서 공병 체험을 했을 뿐이야. 선향『호미』태생에, 병기 두는 걸 엄청 좋아하는 우리 선낭님이『기병과 투석기 같은 건, 내가 있는 이상, 그리 간단히 움직일 수 없어』라고 말하는 집념을 느꼈다. 대단한걸."

"서동 교역로가 끊겼으니까 야전 축성이 가능했던 것뿐이야. ……평시라면 절대로 불가능했어. 명령이 편리한 공구를 조달해 온 것도 컸어."

"하긴, 그렇네."

본래 경양은 교역도시다. 타국, 다른 도시를 연결하는 길은 대운하와 맞먹는 생명선.

그럼에도, 자기 손으로 교역로에 토루와 호를 만들어야 한다.

……얄궂은 일이야.

"오토. 호위 고마워. 이제 됐어."

"네!"

유리가, 대기하고 있던 짧은 흑갈색 머리칼의 젊은 소녀 보좌에게 손으로 지시를 내렸다.

장신에 갈색 피부인 오토가 가까이 있는 군기를 잡고서 커다랗게 휘둘러, 경례를 하고는 가뿐하게 기승.

언덕을 달려서 내려갔다. 본래 우가군의 소부대를 이끌던 지라 반응이 기민하군.

유리의 보좌 오토

신호를 본 평야부 병사들의 움직임이 부산스러워지면서, 정렬한다.

파란 모자를 고쳐 쓰고, 유리가 냉정하게 상황을 말했다.

"그래도 방어태세를 갖춘 것은 서쪽뿐이야. 이끄는 적군의 장수가 공격을 주저한다면."

"북쪽이나 남쪽으로 돌아서 오겠죠. 척영, 목이 말라요. 물을 주세요."

"어, 어어."

회복한 백령이 대화에 참가했다.

내가 내민 수통을 자연스러운 동작으로 마시는 모습마저 그림 같단 말이지, 이 녀석.

설치된 작은 책상에 유리가 경양 주변의 지도를 펼치고, 손가락으로 더듬었다.

백령이 내 수통을 빼앗는 것은 일상다반사니까, 벌써 익숙해졌군.

"『경양』의 북방으로 돌아 가면 『백봉성』에서 배후를 찌르면 돼. 남방은 가장 방어 태세가 얇아. 그렇다고, 그쪽 가도는 봉쇄할 수가 없으니……."

군사의 표정이 흐려졌다.

서쪽에서 경양 북방과 남방으로 돌아서 가는 길에는, 작은 대하의 지류가 뻗어 있을 뿐이다.

대군이 진심이라면 쉽사리 돌파해 버린다.

『적랑』구엔 규이가 알고 있으면서 그리 안 한 것은, 우리들에

게는 행운이었다. 일 대 일로 부상을 입히고, 도발한 것에 의미가
있었을지도 모른다.

유리의 작은 어깨를 두드렸다.

"그것에 대처하는 것이, 경양에서 총지휘를 하는 의부님과 우
리들, 더해서 네 직할의『화창』부대, 라는 거지."

"……부대를 떠넘긴 건 당신이잖아? 나한테는 어울리지도 않
는데. 뭐, 거의 오토한테 맡기고 있지만. 걔를 붙여준 건 고마워."

"뭐 잘 해봐라."

유리의 보좌로 발탁한 우가군 출신 여성 사관은『젊지만 참으
로 실력 있는 녀석』이라고 평가가 높다.

누가 뭐래도── 글자 그대로 죽음의 전장이었던 난양의 회전
에서 자기가 지휘하던 소부대와 함께 살아남아, 후퇴전과 이어지
는『망랑협』의 전투에도 참가하여 전과를 올렸다.

『목숨을 구해주신 은혜를 갚고자』

그렇게 말하면서, 경양 귀환 뒤에도 장가군에 참가해 주었는
데…… 기린아인 유리를 챙기면서,『화창』이라는 신병기를 다루
는 부대를 실질적으로 통솔하는 건 힘든 일이다. 나중에 위무를
해줘야지.

이후의 예정을 정하고, 나는 옆에 있는 나무 상자를 보았다.

끝부분에 대나무 통이 달린 기묘한 나무 막대── 쓰고 버리는
화창이 100개 이상 있었다.

"그래서, 이건?"

"오늘 아침에 배로 보냈어. 명령이.『재고 처분입니다!』라면서."

유리가 이번에는 자신의 군기를 휘두르려다가 「내가 할게요」라며 웃는 백령에게 빼앗겼다.

평야부에서 오토가 검을 뽑고, 병사들에게 명령을 내리고 있었다.

입술을 삐죽거리며 불만스러운 기색의 유리가 화창 부대를 보았다.

"……연속 사용이 가능한 구리제 개량형은 충분해. 합계 300정이야. 죽통은 『백봉성』에 보낼까 생각했는데, 례엄 장군이 『새로운 시대의 병기를 습득하기에는 시간이 없고, 화급할 때 혼란을 부를 수도 있다』라고 했어."

"아~."

"일리가 있네요."

최전선을 맡은 역전의 노장이 보기에는, 지당한 의견이다. 이 신병기는 아직 불안정한 요소도 크다.

기병용으로 유효하기는 한데…….

우리가 신음하고 있는데, 굵직한 목소리가 이름을 불렀다.

"척영 님, 백령 님, 유리 공."

"호랑이도 제 말하면 온다더니. 할아범! 미안해."

"례엄!"

"…………."

말을 타고 언덕에 올라온 것은, 투구와 갑옷을 입은 백발과 백염의 노장군──『귀신』이라고 적과 아군에게 두려움을 사는 례엄이었다. 호위로서 나랑 백령하고도 잘 아는 노병들을 이끌고 있었다.

물 흐르듯 말에서 내린 례엄 일행이 흥미롭게 나무 상자를 들여다보았다.

"이것이 소문의『화창』이란 물건입니까. ……벼락같은 굉음을 발생시킨다 들었습니다. 이거야 참으로, 오래 살고 볼 일입니다."

나는 하나를 집어, 빙글 회전시켰다.

화약 냄새가 코를 물씬 찌른다.

"기본적으로는 위협용이야. 사정거리도 활보다 못하고, 명중률도 안 좋아."

"말에는 유효하겠지요. 도련님과 유리 공이 중시하는 것도 이해가 됩니다."

과연『귀신 례엄』이다.

쓸 생각은 없어도, 우리들의 보고서는 읽었구나.

기뻐하고 있는데, 유리와 백령이 소매를 끌었다.

""(설득!)""

……이 기린아 녀석들.

화창을 상자에 넣고, 일단 제안을 해봤다.

"할아범, 개량형은 유리의 부대에서 집중 운용하고 싶은데, 대나무 통이라면『백봉성』에 상당히 많이 보낼 수 있어. 한 번 쓰고 버리는 거지만, 없는 것보다는 낫다고 생각하는데?"

"도련님…… 마음은 감사합니다만."

백염을 매만지면서, 례엄이 고개를 숙였다.

──눈동자에는 물러서지 않는 기색.

"그러나, 저희는 아무래도 나이를 먹었습니다. 마인 놈들의 대침공이 확실해진 이상, 하나라도 혼란이 될 수 있는 요소를 제쳐 두고 싶습니다."

『부디, 이번엔 허락해주소서!』

노장과 노병들이 일제히 나에게 고개를 숙였다.

이렇게까지 하면 뭐라고 못하지.

"……알았어, 알았다고. 이제 말 안 할게."

"감사하옵니다."

례엄이 안도한 기색으로 눈가를 풀었다.

최전선의 장병은 극도의 긴장감과 나날이 싸우고 있다. 과도한 요구는 어리석은 자가 하는 거야.

신병기는 전국을 결정적으로 뒤집을 수 없다.

우리들의 대화를 듣고 있던 군사에게 절충안을 제시했다.

"유리—— 쓰고 버리는 화창은 전부 서방의 지원병들에게 보내자. 무예에 소양이 없는 만큼, 순순히 익혀줄지도 몰라. 자질이 있는 자는 네 부대에 넣어도 돼."

"알았어."

의도를 짐작해준 것이겠지. 금발의 선낭은 반론하지 않았다.

아무래도, 이걸로——.

"하지만, 『내』가 아니라, 『장척영』과 『장백령』의 부대야. 그거 틀리지 마!"

그냥 넘어갈 리가 없군. 유리가 볼을 부풀리면서 고개를 홱 돌렸다.

응. 어린애로군. 도저히 칼 같은 군사 같지가 않다.

백령과 함께 파란 모자를 톡톡.

"그래그래."

"유리 씨, 괜찮아요."

"큭! 뭐, 뭔데. 그『전부 말 안 해도, 우리는 다 알아요』같은 느낌! 척영은 몰라도, 백령까지…….

""에~?""

"다, 당신드을."

천재 군사는 그 자리에서 발을 동동 구르기 시작했다.

나와 백령뿐 아니라, 조하와 여성 병사들도 따스하게 지켜보고 있는데.

"후하하하하!"

례엄이 가가대소했다. 노병들도 엄격한 표정을 풀고 있었다.

"~~~윽?!"

급정지하고, 유리가 나와 백령의 등 뒤에 숨었다.

그걸 본 할아범은 경갑을 두드리고 파안했다.

"참으로 듬직할 따름입니다! 대침공 앞에서, 그러한 대화를 하는 담대함…… 여러분의 나이 때는 도저히 갖추지 못했지요. 이미, 저희 같은 노인의 시대가 아닐지도 모르겠습니다."

"……할아범."

""………….""

례엄과 노병들은, 대하 이북을── 고국을 탈환하기 위해, 그야말로 의부님이 태어나기 전부터 싸워왔다.

백염을 매만지며, 저만치 있는 화창병들을 바라보았다.

"그러나! 아직—— 이 영감탱이들도 할 일이 있겠지요!!『백봉성』은 경양 방어의 요지. 무엇보다 주인 나리가 맡기신 성이기도 합니다. 저희, 죽을 장소는 잘 알고 있습니다."

『맡겨 주소서!』

그 순간—— 황야에 뇌명 같은 굉음이 울려 퍼졌다.

화창의 일제 사격을 시행한 것이다.

그러나, 할아범과 노병들은 동요하지 않았다. 반쯤 기겁하면서 찬사를 보냈다.

"……이 오래된 강병들 같으니. 이번 침공을 넘기고 나면, 화창 쏘는 법을 배워줘야겠어. 물론, 교관은 우리 군사 나리다."

『맹세하옵니다!』

"……잠까안."

유리가 불복을 드러내며 나를 올려다보았다.

왼손을 휘두르며 다독였다.

"괜찮아. 너는 낯을 가리니까, 백령이랑 오토도 붙여줄게. 응?"

"유리 씨, 같이 힘내요!"

"우으…… 다, 당신들, 역시 나를 어린애 취급."

그야말로 그때—— 어마어마한 징 소리가 우리들 귀를 힘껏 때렸다.

『?!』

이, 이건 『백봉성』에 설치된 침공 때만 울리는 커다란 징 소리…….

할아범과 노병들이 기민한 움직임으로 기승했다.

"도련님! 우리는 성으로 돌아가겠습니다!"

『실례!』

언덕을 달려 내려갔다.

……드디어 왔군.

아무리 대군이라도 정면 공격, 게다가 방어전이라면 지지 않는다.

이쪽에는 【호국】 장태람이 있으니까.

"척영!"

"우리도 가요!"

"그래!"

이름을 불리고, 나도 애마에 올라탔다. 조하 일행과 화창병들도 철수 준비를 시작했다.

마상에서 지시를 내렸다.

"우선 상황을 확인하고, 경양에 돌아간다. 유리, 뭔가 깨달으면 곧장 가르쳐 줘. 상대는 현 나라 황제 【백귀】 아다이 다다. 『적랑』 때랑 같은 수를 쓰진 않을 거야. 백령은——."

"당신이 폭주하지 않도록 감시하는 것과 당신 등을 지켜주겠어요."

"그, 그래."

"——……풋."

당연하게 말하는 백령의 말에 내가 동요하고, 유리가 웃음을 터뜨렸다.

말을 옆으로 대고, 금발취안의 군사는 【흑성】의 칼집을 두드렸다.

"좋겠는걸── 공주님 등을 지켜줘야지. 【천검사】 나리? 자, 가자!!"

　　　　　　　　＊

"척영 님, 백령 님, 왔습니다──【서동】의 기병입니다. 난양에서 교전을 했으니, 틀림없어요. 수는 약 3천!"

경양 북서부. 대하의 이름 없는 지류 부근.

작은 언덕 뒤에 자리 잡고, 마상에서 망원경을 들여다보고 있던 짧은 흑갈색 머리칼에 키가 큰 소녀── 우가군 소속이었고, 현재는 유리의 보좌를 맡은 오토가 씩씩하게 보고를 해주었다.

나랑 백령보다 한 살 연하라고 들었는데 어른스러운 용모다. 상처투성이 경갑이, 이 소녀가 역전의 강자라는 것을 가르쳐 준다.

남을 챙겨주기 좋아하고, 낯을 가리는 유리가 『정파 씨 보좌로 경양에 남을 테니까』라면서 일부러 망원경을 빌려줄 정도로는 사이도 좋다.

다시 말해서, 보석 같은 귀중한 인재라는 것이다.

대하 북녘에 아다이가 직접 이끄는 현 나라 군 주력 약 20만이 포진하고, 중장보병을 주력으로 하는 서동군 약 10만이 경양으로 밀려 들어오는 현재 상황에서는 특히 더.

나는 오토에게 손으로 감사를 전하고, 눈을 가늘게 떴다.

──틀림없다.

금속제의 중후한 투구와 갑옷을 입은 창기병이 도하 지점을 수색하고 있다.

"이쪽에서도 봤다. 병사 수도, 도하 위치도, 시각도…… 유리가 예상한 그대로군! 이러면 남쪽도 움직임이 있겠어. 뭐, 그쪽은 의부님이 있으니까 아무 문제도 없겠지만."

현 나라 군의 침공이 개시되고 열흘.

현재 유리가 구축한 경양 서방의 방어진지는 적군이 함부로 접근하지 못하고, 위협이었던 투석기나 공성 병기도 거의 못 쓰고 있다. 장병 중에서 방루나 호 구축에 힘을 발휘한 야삽을 숭배하는 자마저도 나올 정도였다.

의부님은, 사전에 계획한 대로 대하 남녘의 『백봉성』에 례엄와 정예병 3만을 두고, 남은 3만으로 경양을 유유히 지켜내고 있다. 서동군은 정면 공격밖에 안 하기 때문에, 이쪽의 손해도 전무하다.

『적장이 제대로 된 자라면, 이제 그만 상황을 전환하기 위해 경양의 북쪽이나 남쪽으로 우회할 거야.』

금발취안의 군사는 그렇게 예측했고, 정찰을 실시한 결과 적군의 움직임을 훤히 볼 수 있었다.

그 소식을 듣고, 병사의 수를 봐서 본진으로 판단된 남방에 의부님이 직접 병사 1만을 이끌고 요격을 하러 나섰다. 북방은 이후를 위한 선행 정찰 겸 보조 공격이겠지.

내 옆에서 적군을 관찰하고 있던 백령이, 기가 막힌 어조로 말했다.

"유리 씨가 굉장한 것에는 동의합니다만…… 이런 거리에서 눈으로 확인하지 마세요. 예전부터 생각했지만, 대체 눈이 어떻게 된 거죠? 오토도 무서워하잖아요."

"뭐? 그럴 리가──."

"……망원경을 써도 쌀알 정도, 였습니다만?"

『………….』

흑갈색 머리의 소녀를 포함하여, 서동 침공 작전 뒤 부대에 더해진 병사들의 표정이 파르르 떨리고 있었다.

어, 어어~…….

"봐요."

"도련님은 이상해요."

"척영 님은 이상합니다."

"뭐~ 예전부터 이상했으니까."

"에잇! 너희들, 그건 내 편을 들어줘야지?! 운다? 울어 버린다??"

백령을 필두로 고참병들이 놀리길래, 나는 거창하게 우는 시늉을 했다.

희미한 실소가 일어나고, 긴장이 보이던 오토나 신참병들도 표정이 풀어졌다.

──뭐, 이 정도면 되겠지.

백령에게 눈짓하고, 정렬한 기병들과 끝부분에 구리 통이 달린 기묘한 막대── 개량형 화창을 든 병사들을 돌아보았다.

수는 2천 정도지만, 모두 경양 공방전이나 난양의 회전에서 살아남은 역전의 정예병이다.

"자, 일을 시작하자. 얼른 경양에 돌아가야지. 그래 보여도 쓸쓸함을 타는 군사님이 삐쳐버릴 거라고. 집보기에 발탁된 정파도 위통으로 쓰러질 거다── 전원 주목."

즉시 나에게 시선이 집중된다. 나쁘지 않아.

씨익. 나는 웃으며 명령을 내렸다.

"제1격은 내가 한다. 제2격은 화창 부대. 오토, 사격 지휘를 맡긴다."

"예!"

흑갈색 머리의 소녀는 손에 든 화창을 꾹 쥐고, 고개를 끄덕였다.

그 눈동자에는 고양이 있지만, 일절 겁을 먹지 않았다. 나이를 생각하면 기이할 정도야.

……오토를 유리 직속으로 발탁한 건 의부님이었지. 사전에 뭔가 알고 계셨나?

머릿속 한구석에서 생각하며, 말을 이었다.

"그다음은 평소랑 같다. 내 뒤를"

"우리 뒤를 따라오세요."

평소랑 같은 표정으로 백령이 끼어들었다.

조금씩 적군의 대열이 늘어나고 커지는 가운데, 나는 항의했다.

"……야."

"『평소랑 같은』 거죠."

단호한 의지를 보이며 노려보긴 했는데── 먼저 시선을 돌린 것은 나였다.

검은 머리를 긁적이며 한탄했다.

"정말이지…… 장씨 가문 공주님은 참 난처해. 옛날에는 귀여웠거든? 여동생 같고. 지금은 나한테만 엄격하다니까."

"당연한 귀결이죠. 그리고, 가정을 해도 내가 누나입니다."

"으그그……."

한심한 내 모습에 고참병들이 점점 더 웃는 표정이 되고, 화창병들도 동조했다.

──왼손을 들었다.

"적의 섬멸을 노릴 필요는 없다. 혼란에 빠뜨려 물러나게 하면 충분해. 최후미는 내가──."

"척영과 내가 맡습니다. 또한, 깊숙하게 추적하는 건 엄격하게 금지합니다. 결전은 아직 멀었어요."

"『예! 장백령 님!!』

경례하고, 각 병사가 전투 준비를 시작했다.

화창병들이 말에서 내려 전투 준비를 마치자, 주위에 화약 냄새가 피어오르기 시작했다.

나는 적병의 위치를 확인하면서, 백령에게 조용히 항의했다.

"……야."

"최후미를 맡는 것도『평소랑 같은』일이에요. 다음에 그런 말을 하면, 화낼 겁니다?"

"벌써 화났잖아── 백령, 죽지 마라?"

"그럼요, 척영."

주먹을 서로 마주쳤다. 우리는 둘이 있는 한 죽지 않는다.

나는 언덕 위에서 쏠 수 있는 절호의 위치에 포진한 화창병들 곁으로 흑마를 몰아, 활에 화살을 메겼다.

적의 지휘관은── 대열 중앙에 있군.

투구와 갑옷이 번쩍이는 데다가, 살이 쪄서 참 알기 쉽다.

망원경으로 적 기병을 관측하고 있던 오토가 나를 보고서, 당황하며 물었다.

"척영 님? 아직 활의 사정거리가 아닙니다만……."

"오토, 준비해요."

"앗, 예! 사격 준비!!"

백령의 늠름한 명령을 듣고서, 화창병들이 반신반의하는 기색으로 사격 태세를 취했다.

이 기묘한 신병기의 사정거리는 짧다.

──그러나, 그 진수는 그게 아니지!

나는 강궁을 당겼다.

『큭?!』

적장의 왼쪽 어깨를 화살이 꿰뚫었다.

번득이는 갑옷과 투구에 봄의 햇살을 반사하면서, 살찐 남자가 마상에서 굴러떨어져 강에 처박힌다. 병사들이 황급히 일으켜 세우고자 대열이 흐트러졌다.

화살을 속사하여, 눈여겨본 차석 지휘관으로 추정되는 기병을 잇따라 화살로 맞추자 적군 대열에 커다란 혼란이 생겼다.

나와 백령은 커다란 검은 눈동자를 부릅뜨고 아연해진 흑갈색 머리의 소녀에게 외쳤다.

"''오토!''"

"으── 화창부대, 겨눠라!"

300명의 병사가 정연하게 사격 태세를 취하고,

"쏴라!!!!!"

호령과 동시에, 뇌명이 이러랴 싶을 굉음이 울려 퍼졌다.

『~~~큭?!!!!』

지휘관들이 갑자기 저격을 당한 적 창기병들에게 대혼란이 일어난다. 낙마도 잇따라, 행군할 상황이 아니다.

나는 입술을 일그러뜨리며, 대기하고 있는 아군을 어깨너머로 확인했다. 이쪽에는 낙마가 없다.

겨울 동안, 화창 소리에 사람과 말을 적응시킨 보람이 있군!

오토의 부대가 제2사를 서두르는 사이, 나는 아무것도 아닌 것처럼 하명했다.

"좋~아, 간다. 너희들, 늦지 말고 따라와라! 늦으면, 무시무시한 장백령 님의 교육이 기다리고 있으니까!"

그 자리의 분위기가 끓어오르며, 우리를 발견한 적 기병들의 표정이 파르르 떨렸다. 전장에서 웃고 있는 병사를 상대하고 싶지는 않을 거야.

고참병들은 투구와 갑옷을 두드리며── 검과 창을 드높이 들었다.

말을 몰아 다가온 백령의 게슴츠레한 눈길을 무시하고, 호령했다.

"돌격 개시!!!!!"
『오오오오옷!!!!』

내 애마인 『절영』과 백령의 애마인 『월영』이 기민하게 반응하여, 언덕을 달려 내려갔다.

필사적인 형상으로 말 머리를 돌리려는 적병에게 차례차례 화살을 쏟아부어, 낙마시켰다.

굳이 죽일 생각을 하지 않는다. 주로 노리는 건 팔과 허벅지다.

아군을 통솔하면서 수가 줄어든 적의 선봉을 몰아붙이고 있는데, 얕은 강가에 수십 기가 모이기 시작했다.

헤에…… 이 전황에서도 맞서는 건가.

"한 부대, 따라오세요!"
『예!』

은발을 나부끼는 백령이 아군을 이끌고, 그런 적에게 가차 없이 공격을 가했다.

전의가 있는 적의 위협을 우선적으로 간파한다── 의부님. 당신 딸은 장래 터무니없는 명장이 될지도 몰라요.

나는 기분이 좋아져서, 백령의 배후를 찌르려는 적 대열에 실컷 화살을 쏴주고 애마를 몰아 달렸다.

결과적으로── 적의 대열을 돌파해버린 나는 말머리를 돌리고, 빈 전통을 버렸다.

"공연, 다음 전통──……아차."

예전 버릇으로 쌍둥이 누나와 함께 임경으로 탈출시킨 소년의 이름을 불러 버렸지만, 금방 마음을 가다듬고 허리에 찬【흑성】을 뽑아 공중에서 다수의 화살을 베어 버렸다.

전황은 아군이 절대적으로 유리하지만, 어느샌가 나 혼자가 되어 버렸군.

"큭!"

"해치우지 못하다니……."

"군사 나리가 염려했던 그대로구나."

"한 번 더 한다."

"할 수 있으면 해봐!"

나를 노리는 네 기의 서동병이 활을 겨누기 전에, 말을 달려 거리를 죽였다.

급하게 쏜 화살을 양단하고,

"이, 이노옴!"

"무슨?! 크악……."

4명 중 젊어 보이는 2명을 금속제 갑옷과 함께 베어 버렸다.

손에 익어서 그런지,【흑성】의 절삭력이 전보다 늘어난 것 같아.

피보라가 흩어지는 가운데, 남은 장년 두 명이 검의 자루에 손을 올린다.

"*끄악!*"

"*윽!*"

하지만 옆에서 날아온 백령의 화살이 손목을 꿰뚫자, 말을 난폭하게 몰아 이탈하기 시작했다.

활을 등에 지고 있는데, 분노한 표정으로 은발 소녀가 호통을 쳤다.

"방심하지 마요! 죽으면 화낼 겁니다!!"

"나, 나는 죽어도 혼나는 거냐······."

백령에 이어 집결해온 고참병들이 『아뿔싸!』 하는 표정을 지으며, 내 주위를 단단히 둘러쌌다.

전장에 다시 굉음. 이번에는 몇 명의 적 기병이 부상을 입었다.

화창의 제2사로 적군의 통솔과 사기가 더욱이 흐트러진 가운데── 장년의 적 기병이 떨면서 나를 가리키고 절규했다.

"자, 장척영!!!!!"

『~~~윽?!』

전의가 확실하게 사라지고, 적군이 항전을 포기하더니 도망치기 시작했다.

눈을 깜박이면서, 탄식했다.

"······나도 꽤 유명해졌네. 태반은 기린아인 미래의 대상인 님이나, 악랄한 군사 나리, 엄격한 공주님 탓인데…….”

“누명입니다. 돌아가면 유리 씨에게 곧장 상담하겠어요. 일단, 명령에게도 편지를 보내죠.”

뿔뿔이 도망치는 적 기병에게 화창의 제3사. 전과는 없다.

대열을 짜고 있는 상대가 아니면 명중률이 낮아.

눈동자 안쪽으로 자신에 대한 분노가 슬쩍 보이는 백령에게 대답했다.

“유리는 그렇다 치고, 명령은 기뻐하지 않아?”

“……그렇네요. 참 난처해요.”

곧장 반응하긴 하지만, 표정도 목소리도 딱딱하다.

아마 혼전 속에서 내가 고립되어 버려, 지원이 늦은 자신을 탓하는 거겠지.

어쩔 수 없는 녀석이라니까.

나는【흑성】을 칼집에 넣고, 날카롭게 명령했다.

“추적하지 마라! 예정대로 물러난다. 오토한테도 전달해.”

『예!』

아군이 단숨에 행동을 재개하고, 나와 백령만 남았다.

조금 떨어진 곳에 고참병이 있는 걸 보니, 신경을 써주는 모양이군.

나는 당장이라도 울 것 같은 소녀의 손을 잡고, 검에서 손가락을 풀어줬다.

“어~이, 너무 신경 쓰지 마. 지원, 안 늦었잖아?”

“……신경 안 써요. ……아니, 거짓말이에요. ……나는 당신을 지켜야 하는데. 곧장, 따라잡을 수 있다고 생각했어요……. 그런데, 잠깐 사이에 놓쳐 버려서…….”

은발 소녀는 상당히 풀이 죽었다.

【백성】을 집어서 칼집에 넣어주고, 귓가에 속삭였다.

“(나는 너를 신뢰하고 있으니까, 보낸 거거든?)”

“(윽! ……그렇게 말하는 건, 치사해요…….)”

“(진심이니까.)”

“(……우~.)”

소꿉친구 소녀가 신음하며, 고개를 숙였다.

고참병들에게 손을 흔들어 감사를 표하고── 문득, 아까 들은 말이 뇌리를 스쳤다.

……적의 『군사』라.

난양의 회전에서, 유리는 적군에 그런 존재가 있다는 걸 간파해냈다.

이번 침공전에도 관여하고 있나?

……안 되겠다. 정보가 부족해. 일단 제쳐두자.

오토가 부대를 이끌고 언덕에서 내려오는 걸 확인하고, 나는 백령의 등을 밀었다.

“돌아가자. 분명히 지금쯤 의부님도 남방의 적군을 분쇄하고 있을 무렵이니까.”

＊

"……보고는 이상입니다, 군사님."

경양의 서방에 펼쳐진 대평원의 폐요새 터.

그 땅에 설치한 천막 안에서, 나── 현 제국 군사『천산』하쇼
는 늘어선 서동의 장수들에게 패배의 소식을 듣고 있었다. 이미
해는 떨어지고, 천 너머로 화톳불이 흔들리고 있었다.

손에 든 우선(羽扇)으로 입가를 가리고, 나는 담담하게 사실을
정리했다.

"경양 남방을 목표로 한 2만의 군은 도하 도중에, 장태람이 이
끄는 적군에게 측면에서 기습을 받아 괴멸. 북방의 도하지점을
찾고 있던 부대도 장척영이란 자의 요격을 받아, 전사자는 많지
않으나 태반이 부상을 입었다……. 참담할 따름이군요."

『면목이…… 없사옵니다.』

굴욕으로 안면을 일그러뜨리고, 서동군의 장수들이 사죄를 고
했다. 나는 한숨을 쉬었다.

침공이 개시된 이후, 경양의 공략은 무수하다고 할 수 있는 적
의 방루와 호에 가로막혀, 느리기만 하고 진행되질 않는다.

대위력의 투석기도 사정거리 안에서 도시를 포착하지 못하고,
돌덩이로 전선의 방루를 날려버려도 금방 복구되어 버린다. 더해
서, 서동이 자랑하는 중장보병은 지긋지긋한 적의 방루를 돌파하
는 것도, 호를 넘어가는 것도 서투르다.

그렇기에 나는 반대를 무릅쓰고 남북 동시 우회 작전을 실행한
것인데, 대패배를 해버렸으니 변명도 못 한다.

……남방은 그렇다 치고, 기병을 주력으로 한 북방은 다소 승산이 있었다마는.

우선을 탁상에 놓고, 권고했다.

"보고, 감사합니다. 이번 일을 고려해서, 작전을 다시 짜도록 하지요. 부상자의 치료에 만전을 기하세요."

"……과분한 말씀, 송구합니다."

장수들이 고개를 숙이고, 천막에서 나갔다.

이걸로, 다시는 내 군략에 트집을 잡지는 않을 것이야.

펼쳐둔 경양 주변의 지도에 눈길을 떨구며, 이마를 눌렀다.

"장태람과 장가군…… 소문 이상, 입니까."

태연하게 서동군 2만을 괴멸시켰는데, 장가군은 고작해야 1만이었다고 들었다.

야전에서 두 배의 적군을 이토록 깔끔하게 격파하다니.

그러나──……알 수가 없군.

나는 품에서, 며칠 전에 받은 아다이 황제 폐하의 극비 명령서를 꺼냈다.

『서동군의 적극책을 받아들이라.』

긴 백발과 여자 같은 가녀린 몸.

그리고, 모든 것을 꿰뚫어 보는 깊은 지혜를 담은 두 눈.

폐하께선 병사의 무익한 소모를 싫어하신다. 이 명령에는 명확한 의도가 있을 것이다.

방어태세가 강화된 경양 공략에 고전을 하게 될 서동의 장수들이, 우회 작전을 제안할 것은 빤히 알고 있었다. 그들도 고국을 위해 전공을 쌓을 필요가 있다.

결과—— 장태람과 장가군에게 일축당한 것인데. 지도를 들여다보았다.

대운하로 이어진 『경양』과 『임경』.

우리들의 패전은 신속하게 놈들의 도읍에도 전해질 것이다.

또 한 축의 침공도.

나는 퍼뜩 깨달았다.

"——……설마."

"그, 설마, 다."

"!"

시원스러운 목소리에 전율이 흘렀다. 조심조심 돌아보았다.

그곳에는 여우 가면을 쓰고, 외투를 두른 자그마한 인물이 있었다.

나는 황급히 고개를 숙였다.

"이, 이것은…… 연 님! 오랜만이옵니다."

"인사치레는 됐다. 고전하는 모양이군? 하쇼."

"…………예. 참으로 면목이 없사옵니다."

대륙 전역에 걸쳐, 천하통일을 비원으로 삼는 비밀조직 『천호(千狐)』.

과거 나는 그곳에서 양육되어 【왕영】의 군략을 철저하게 배웠다.

그 수장의 오른팔을 맡은 의문이 많은 소년인지 소녀인지도 알 수 없는 인물이 내 이름을 부르자, 심장이 움츠러들었다. 젠장, 여기까지 어떻게 들어왔지?

내 동요를 무시하고, 연 님이 지도 위의 말을 만지작거렸다.

"그러나── 네가 추측한 것처럼, 서동군의 패배는【백귀】의 계획대로다. 전군을 동원한 정면의 야전이라면 모를까, 고작해야 두 배의 병력 차이로 장태람을 이길 수 있을 리 없지. 따라서 남쪽을 『미끼』로 삼아, 북쪽의 도하 지점을 찾는 책략은 나쁘지 않았어. 실패한 것은── 상대 쪽에 대단한 눈을 가진 자가 있는 것이겠지."

『회랑』세우르 바토는 사면포위를 행한『낭살의 계』로 당했다.

그렇군……. 또다시, 적의 군사가 간파해낸 것인가?

연 님이 첫 번째 말을 경양 서방에 배치했다.

"경양 서방을 보고 왔다. 그 방어진지는 그리 간단히 돌파할 수 없을 게야. 설령【흑인】……아아, 지금은【흑랑】이었군. 현 나라 군 최강의 용사가 이끄는 정예기병이 있었다고 해도."

"……다시 말해서."

침공 개시 전에『현 나라 군 최정예』라고 할 수 있는 기센 공과 옛 적창기를 빼간 것도 불가해했다.

마치, 서동군이 이기는 것을 바라지 않으시는 것 같다. 그 결론을 입에 담았다.

"서동군의 패배를 유발하여『불패의 장태람』을 새삼 인상에 새긴 것이군요? 위도의 주민들과【영】의 중추── 아니, 위제 본인에게."

"사람은 궁지에 몰리면 편한 길을 가고자 하는 법. 그리고, 내가 아는 한 위제는 선하긴 해도 지혜로운 자가 아니다. 자신이 소리 높여 외친 서동 침공의 실패로, 백성들이 험담을 하고 있으면, 궁지에 몰려 눈앞의 지푸라기라도 잡는 법——『적군 토벌은 장태람에게 맡기면 된다』라는 것이지."

연 님이 담담하게 평하는 가운데, 나는 전율했다.

황제 폐하는…… 대체, 언제부터 이 계획을 세우신 것인가?

가느다란 손가락에서 두 번째 말이 조용히 떨어져, 대하 하류의 땅으로.

"놈의 책략은 성공했다—— 위평안이 이끄는 군이 대하를 도하. 『자류』를 함락했다 하더군. 그 땅의 방어대는 싸우지도 않고 도망쳤다 한다. 지금쯤, 영의 궁중은 참으로 부산스러울 것이야. 전조의 임무도 마무리가 되어 가는구나."

"…………."

과거, 학업의 분야에서 격렬하게 경쟁한 동년배의 이름에 불쾌감을 느꼈다.

이제 나는 일국을 맡은 현의 군사. 그에 비해 놈은 영 제국 내부에서 음모를 꾸미는 공작원.

승부는 내 승리로 끝났을 터인데…… 아직도 발버둥 치는가?

연 님이 몸을 돌리고, 천막의 뒷문으로 가셨다.

"【그분】의 예언도 아다이에게 전했다. 수상쩍은 여자이지만 **날씨**를 읽는 힘은 진짜니까. 드디어—— 시작된다, 【현】과 【영】의 명운을 가르는 결전이. 그대의 헌신을 기대하마."

"예! 분골쇄신하겠사옵니다."

대답은 없고, 천막 안에 불어온 찬 바람이 내 볼을 더듬었다.

털썩. 피로를 느끼며 의자에 몸을 맡기고, 생각에 몰두했다.

난양의 회전으로 이해했다.

서동의 어둠에 둥지를 튼 보라색 머리칼의 요녀가 가진 힘은 으스스한 것이지만── 유용하다.

전황은 크게 움직이리라.

"『웅적과 직접 대결하는 것은 피하라.』,『적을 각개로 분산시켜, 전군으로 격파하라』인가…….."

내가 배운 【왕영】의 기본적인 군략이다.

폐하는 20만에 이르는 대군과 각지에서 『사랑』마저도 소집하셨다.

웅적인 장태람을 경양에서 떼어놓고, 그동안 대하를 전군으로 도하한다.

그리하면,『적랑』과『회랑』을 쳤다는 놈의 딸과 아들이 있다 해도, 우리는 경양을 탈취할 수 있으리라.

"…………"

문득, 나는 아까 전의 보고를 떠올렸다.

북방 도하를 노리는 분대는 사망자는 적지만, 부상자 다수.

그러고 보니…… 왕영풍의 맹우였다고 전해지는 황영봉도, 적을 죽이는 건 고집하지 않았었지.

＊

"대체…… 대체, 도읍에선 무슨 생각을 하는 것인가요!!!!!"

경양, 장씨 가문 저택의 군 본영에서 백령의 호통이 메아리쳤
다. 의자 위에서 자고 있던 검은 고양이가 놀라서 달아났다. 의자
에 앉은 군장 차림의 의부님과 내 옆에 있는 유리도 엄격한 표정
이었다.

"마음은 알겠지만…… 조금 진정해, 백령."

"아뇨. 이번만큼은 진정할 수가 없어요! 척영, 당신도 이상하다
고 생각하죠?『대하 하류에서 적군이 도하.『자류』는 이미 함락됐
다. 장태람은 군을 이끌고, 이를 즉시 토벌하라』── 우리는 지
금, 적군의 공세를 받고 있지 않나요?! 너무나도 바보 같은 일입
니다! 나는 절대 반대입니다!!!"

"…………아~."

할 말을 찾을 수가 없다. 내심 나도 같은 의견이니까.

경양의 북방과 남방에서, 우리들과 의부님이 서동군을 격파한
것이 지금으로부터 7일 전.

전황은 장가군 우위로 고정되어 있지만…… 대하 북녘의 현 나
라 군 주력이 언제 움직일지 알 수 없다. 아무리 동방에서『작은
불』이 났다고 해도, 그것을 끄러 갈 수 있을 리 없다.

도움을 청하고자, 턱에 손을 대면서 생각에 잠긴 유리에게 눈
짓했다.

금발취안의 소녀는 희미하게 고개를 끄덕이고, 자기 의견을 선보였다.

"경양 북방과 서방에 압박을 가하면서, 장가군이 지키지 못하는 대하 하류를 도하한다── 전쟁 전에 예상했던 수이기는 해.………합니다."

"평소 같은 어조라도 상관없다. 이 자리에는 한 식구밖에 없으니."

"가, 감사합니다."

의자에 턱 앉아 있던 의부님이 말하자, 우리 군사가 감사를 표했다. 쑥스러운 모양이군.

마음을 진정시키기 위해서인지, 백령이 뒤에서 유리를 끌어안고 왼쪽 눈을 가린 앞머리를 치우는 것을 곁눈질로 보면서, 나는 의부님에게 의문을 던졌다.

"『대하 동부에는 관여하지 않는다』── 그렇게, 노재상 각하와 정한 것이 아니었어요? 첫째로, 놈들의 기병이 대하 하류를 건넜다고 해도, 제대로 된 운용은 못 할 겁니다. 현지의 군에게 맡겨야 한다고 생각합니다만……."

대하 하류는 비옥한 토지긴 해도, 습지대와 웅덩이가 많다. 현의 주력인 기병이 움직이기 어려운 지형이고, 놈들은 말에서 내리는 걸 기본적으로 강하게 기피한다.

장가군에 비해 훈련도와 사기 면에서 크게 뒤떨어진다지만 방어군도 무력하지 않다.

아다이나 『사랑』이 나서지 않는다면, 지형을 이용해서 방어는

쉬울 텐데…….

머리칼과 수염에 하얀 것이 한층 늘어난 의부님이, 무겁고 어두운 목소리를 내었다.

"도하한 현 나라 군은 기병이 아니다. 보병이라 하더군."

"……?"

"보병…… 혹시."

나와 백령은 이해 못 하고, 유리는 뭔가 깨달았다.

직후── 번갯불이 둥근 창 밖에서 날아들었다. 의부님이 내뱉었다.

"군을 이끄는 적장의 이름은 위평안. 7년 전, 【현】에 항복한 과거에는 내 동료였던 사내다. 침공군 자체도, 대하 북녘에 남아 있던 【영】의 백성이 주체일 것이야── 수는 약 5만."

"! 그건…….."

"그, 그럴 수가…….."

나는 말을 잃고, 백령도 입가를 눌렀다.

……아니, 있을 수 없는 건 아니군.

대하 북녘을 잃은 지 이미 50여 년.

그 땅에 남아 있던 사람들이 【현】을 고국이라 생각해도 이상할 것 없다. ……없지만.

돌아선 장수에게 5만의 병력을 맡긴다. 이것을 한 것은 아다이의 의사다.

백령의 속박에서 벗어난 유리가 몸가짐을 정돈했다.

"정복한 백성을 동원하는 건 동서고금에서 하는 일이야. 대하 이북 땅에 남은 영 나라 사람을 주체로 한 부대라도, 이쪽의 전선에는 동원되지 않았을 뿐이지, 북부의 전선에는 동원되고 있었겠지."

"같은 민족인 우리들 상대를 시키면 반란의 위험성이 있기 때문이군."

"그래."

현 국내에서 영 나라 사람의 지위는 상당히 하층이라고 한다.

전장에서 갑자기 배신하여, 과거의 고국 측에 붙을 가능성을 경계한 것이리라. 지금까지, 대하의 전선에 모습을 드러내지 않았었다.

유리가 몸가짐을 정돈하고, 의부님에게 두 눈을 향했다.

"장태람 님께 의견을 구신(具申)하옵니다── 동방에 대한 출병은 경양을, 나아가【영】전체를 위험에 드러낸다고 생각합니다. 군사의 말석으로서, 단호하게! 반대합니다!!"

강한 말에 조바심이 드러난다. 백령도 내 소매를 잡았다.

의부님은 시선을 돌리지 않고, 말을 기다렸다.

방 안을 유리가 걸어 다녔다.

"적은 우리들의 몇 배나 되는 대군. 그럼에도, 군을 분산시키며, 장 장군 자신까지도 이 땅과 떨어진다…… 자살행위입니다. 또한, 대하를 도하한 적병의 수를 봐서, 명백하게『미끼』라고 생각합니다. 단적으로 말해서."

멈춰 서서, 힘차게 돌아보았다.

"바보를 상대하면 모든 것을 잃습니다. 나라가 멸망해도 되는 걸까요?"

용모에 어울리지 않는 직설적인 매도다.

……물론, 도읍 상층부에 대한 것이다.

"의부님."

"아버님."

나와 백령도 강한 부정의 의지를 담아, 명장을 보았다.

번갯불이 두 번, 세 번 흘렀다. 벽의 촛불도 흔들린다.

"──……너희들의 의견, 고맙게 들었다."

견디기 어려운 침묵 뒤에, 의부님이 자리에서 일어섰다.

우리들에게 등을 돌리고, 계속 내리는 뇌우를 바라보며, 말을 짜냈다.

"그러나………… 그러나 말이다. 나는 황제 폐하의 신하다. 진인이 찍혀 있고, 뿐만 아니라 폐하께서 직접 애원하는 문장까지 적혀 있어서는………… 거부할 수 없다. 설령, 그것이."

음색에는, 자기 자신에 대한 끝 모를 분노와 현실에 대한 깊고 깊은 절망.

……천 년 전, 『노도』에서 황영봉과 헤어지기 직전의 왕영풍과

같았다.

【장호국】이 체념을 뱉어냈다.

"설령, 그것이…… 노재상 각하가 모르도록, 묘당을 거치지 않고 임충도의 딸이 개인적으로 청하여 결정된 것이라 해도………. 현지의 방어대는 싸우지도 않고 도망쳤다 들었다. 적군과 도읍 사이에, 제대로 된 우군이 없다는 것도 분명하다. 내가 움직이지 않으면…… 조만간, 대운하마저도 끊어질 수 있다."

"그러나, 그래서는!"

"백령."

나는 은발의 소꿉친구를 손으로 막고, 고개를 저었다.

이미 늦었다…… 이미 늦은 것이다.

【서동】이 배신한 단계에서 【영】의 빛은 바래고, 무모한 침공전으로 수많은 장병을 잃은 시점에서 이렇게 될 것은 정해져 있었다.

장태람이라고 해도, 모든 것을 뒤집을 수는 없다.

다음은 이제, 그저 싸우고, 싸우고, 싸워서—— 전국의 호전을 끌어내는 수밖에 없다.

백령의 파란 눈동자에 커다란 눈물이 넘치고, 얼굴이 일그러졌다.

"……실례하겠습니다……."

허리에 찬 【백성】이 거칠게 소리를 내는 것도 신경 쓰지 않고, 아버지를 생각하는 소녀가 퇴실했다.

저 녀석은 바보가 아니다. 알고 있는 거다. ……이제 막을 수 없다는 것을.

"맡겨둬."

유리는 검은 고양이를 들고서 자기 어깨에 올리더니, 백령을 따라갔다.

홀로 남겨진 나에게 의부님이 돌아섰다.

"……미안하군. 너희들이 고생을 해줘야겠다."

"뭐~, 그렇겠죠."

천연덕스레 말하고, 나는 의자에 앉아 다리를 꼬았다.

일부러 거창하게 양손을 펼치고, 그 녀석의 마음을 대변해뒀다.

"다만, 백령의 염려는 내 염려이기도 합니다. 유리도 말한 것처럼, 병력이 적은 쪽이 병력을 나누어 대군을 상대한다. ……왕영풍이었다면 이미 던져버렸을 겁니다. 『스스로 패배를 바라는 자에게는 약 따위 없다!』라면서."

"……귀를 찌르는 말이구나."

조금 표정을 풀고, 의부님이 하얀 턱수염을 매만졌다.

그 눈동자에는── 강한 투지의 불꽃.

"데리고 가는 병사의 수는 1만이다. 그 이상이면 기동성에 문제가 있을 게야. ……이리 되지 않았으면 했다마는, 왕씨 가문에 부탁해둔 다소의 책략도 있다. 내가 돌아올 때까지 경양을 부탁하마."

"알겠습니다. 백령, 유리와 의논해서 정할게요."

우리에게 병력의 여력은 없다.

장태람이 경양을 벗어난다. 적군이 알면, 맹공을 거는 것은 필연이었다.

"가능하면, 할아범에게 이곳 지휘를 맡기고 내가『백봉성』에 들어가고 싶네요. 경양을 맡는 것은 너무 무거운 짐입니다."

"례엄은 동의 안 할 게다.『화급할 때는 도련님께 경양을!』이라고 늘 말하더구나. 백령은 전기를 휘어잡는 재능을 가졌다만, 그 탓에 실수하는 일도 있을 게다. 그 점에서, 너는 자신이 못하는 일을 타인에게 맡기는 도량을 가졌다. 적임이야."

"…………조금 쑥스러운데요."

분명히 내 한계는 알고 있다. 귀찮은 일은 전부, 유리와 명령에게 맡겼다.

의부님이 진심을 담아 중얼거렸다.

"그건 그렇고【백귀】아다이…… 적이지만 훌륭하구나. 그야말로 현세의【왕영】이라. 적이 아니라면 잔을 기울여보고 싶은 인물이야. 그때는 너도 함께 하거라."

"……생각해 볼게요."

현세의 영풍과 술, 이라.

가능하면 사양하고 싶어. 그 녀석, 이상하게 엉킨다니까.

……뭐, 비유라는 건 알지만.

나는 자리에서 일어서, 검의 칼집을 두드렸다.

"무사히 귀환하시기를 기다리겠습니다── 무운을 빕니다, 의부님."

"무운은 됐다. 내 몫도 너희들이 가져가거라. 모두를 부탁하지."

복도를 나서서 잠시 걸어가자, 별채로 이어지는 통로에서 소녀들이 긴 의자에 앉아 있었다.

먼저 나를 발견한 유리가 검은 고양이를 안고 『잠깐 비울게』하고 눈으로 신호하더니, 자리에서 일어섰다. 사람의 마음에 민감한 선낭님이야.

나는 고개 숙인 은발 소녀 옆에 앉아, 끌어안았다.

"화내지 마. 의부님도 단장의 심정으로——."

가슴에 충격이 흘렀다. 백령이 나한테 안겨 주먹으로 두드렸으니까.

눈물로 군장이 젖는다.

"알고 있어요. 이제 어린아이가 아니니까. 하지만…… 하지만, 이런 건!"

"……그래."

계속하게 내버려 두면서, 나는 북쪽 하늘을 올려다보았다.

비는 그칠 기색이 없고, 거무죽죽한 구름이 그저 하늘을 뒤덮고 있었다.

＊

"허면—— 장태람은 경양을 벗어나, 동방으로 간 것이구나? 틀림없겠지?"

"예! 경양에 남은 밀정이 보낸 정보입니다. 틀림없사옵니다."

"그래."

대하 북녘 『삼성성』의 대전.

옥좌에서 전령의 보고를 들은 나── 현 나라 황제 아다이 다다는 팔꿈치를 괴고, 늘어선 장수들에게 조용히 물었다. 긴 백발이 시야를 스친다.

"병사들의 전의는 어떠한고? 서동군은 공세를 하고 있겠지?"

"다들, 의기가 충천하옵니다!"

"경양에 연일, 맹공을 감행하고 있다 하옵니다."

"그 물건의 준비는?"

"빈틈이 없사옵니다. 연사는 곤란하옵니다만, 제1사는 문제없이 가동할 것이옵니다."

준비는 만전이다.

유일하게 경계해야 할 장태람도 동방으로 사라졌고, 경양에 남은 적군은 내 뜻을 파악한 하쇼의 지휘로 구속되어 있다.

다시 말해서── 대하 남녘의『백봉성』은 고립됐다.

그럼에도, 본래 정면 공격을 기도하면 대손해를 면할 수 없겠다만…… 나는 조용히 명했다.

"전쟁의 준비를 하라. 날이 밝는 대로 동시에 결행을 한다. 선봉은 연경에서 말한 것처럼『금랑』과『은랑』. 대전이 될 것이야. 적은 늙었다고 하나 이름을 날린『귀신』── 최선을 다하라.

""예!""

『받들겠사옵니다!』

장수들이 늑대 같은 기세로 달려나가고, 본영에 남은 것은 나와 호위인 기센뿐이었다.

다들, 전쟁을 고대하고 있었음이라.

이마에 손을 대고, 나의 적── 본 적도 없는 영의 위제에게 기가 막혔다.

"……시시하구나. 벌써 장군이로다."

아아! 아아!! 장태람, 장태람이여!!

너쯤 되는 사내다. 내 수는 어느 정도 보이겠지?

그러나, 너는 명장이지, 황제가 아니다.

그리고── 필요하다면 때로는 황제의 명령마저 무시하고, 【황】에 해가 되는 존재를 모두 타파한 황영봉도 아니다.

"하여, 임경은 어떻더냐?"

그림자 속의 자그마한 여우 가면── 연에게 물었다.

임경으로, 경양으로. 필요하다면 대륙 전체를 누빈다. 이 밀정은 나보다도 바쁠지 모르겠구나.

내심 재미있어하는 나를 신경 쓰지 않고, 여우 가면이 입을 열었다.

"만사 순조롭다. 서씨 가문의 장자는 전조의 말──『**노재상이야말로 나라를 좀먹는 간적**』을 완전히 믿기 시작했다. 『**장태람이 화급한 때에 황제의 명으로 경양을 벗어났다**』라는 정보로 완전히 수중에 떨어지겠지. 노재상이 그림자 속에서 조종하고 있는 것이다. 그리 믿고서."

영을 지탱하는 것은 『무』의 장태람과 『문』의 양문상.

"가여운 서씨 가문의 장자는 언제, 옥에서 나오겠느냐?"

"가까운 시일 안에. 노재상 자신의 지시로 말이다……. 결정되는 대로, 전조가 알리게 되어 있다."

나는 입술을 일그러뜨리고, 먹먹한 웃음을 흘렸다.

──보험이 기능하면 좋다.

되지 않더라도 영의 국내는 흐트러지고, 내 승리는 흔들림이 없다.

나 말고 모든 것을 아는 연에게 고했다.

"어젯밤, 【쌍성】에 초승달과 상서로운 구름이 걸렸다. 【그분】의 예언은 이번에도 맞겠지."

"경양에는 장씨 가문의 딸과 아들이 남아 있다. 그 【천검】을 가진 자들이다."

"──……아아, 그렇다 했지."

마음속이 순식간에 식었다.

전생의 내가 벗에게 받아, 이번 생에서 계속 찾아다닌 쌍검을 가진 자들.

호위인 기센을 일별하고, 팔꿈치를 괴었다.

"마침 잘 되었군. 경양을 함락하고서, 어떤 얼굴인지 보도록 하마. ……【천검】을 휘둘러, 천하마저 뒤흔든 영봉과 조금은 닮았으면 좋겠다만."

*

"례엄 님. 편히 주무셨사옵니까!"

경양 북방. 대하 남녘에 쌓은 『백봉성』.

기억 속에도 거의 없던 짙은 안개에 휩싸인 대하를 성벽 위에서 바라보고 있는데, 후방에서 말을 거는 자가 있었다.

"정파구나. 이르군."

옆으로 다가온 것은, 먼 친척인 청년이었다.

도련님과 백령 님을 따라다닌 덕인지, 몇 개월 전보다 사나움이 늘어나고 이제는 장가군에서도 손꼽히는 젊은 지휘관이 되어 있었다.

어젯밤에 급사로 전선에 왔는데, 경양이 연일 서동군의 맹공을 받고 있다는 소식이었다. 가만 있기가 어려운 것이리라.

"돌아가기 전에 인사를 드리러 왔습니다. 봄이 되었다지만, 아직 쌀쌀합니다. 부디 안에 들어가시지요. 이러한 짙은 안개 속에서는 아무것도 안 보입니다."

"되었다. ……불길한 예감이 드는구나."

생각해 보면, 7년 전의 대침공 때도 짙은 안개가 끼었다.

당시는 이러한 성도 없던 데다, 총대장의 완고함과 위평안의 항복으로 쉽사리 도하를 허용하여, 주인 나리──【호국】장태람 님은 괜한 고생을 짊어지게 되었다. 방심할 수 없지.

손에 든 창의 물미로 석재를 두드렸다.

"주인 나리가 경양을 벗어났다는 것은, 이미 놈들도 알고 있을 게야. 【백귀】가 이 기회를 놓칠 리 없지! 도련님도 서동군의 공세에 대처하느라 움직이지 못하는 지금이야말로 호기일 것이다."

"분명 그렇습니다."

짜증을 숨기지 못하고, 새하얗게 새어버린 머리칼을 헝클어뜨렸다.

"도읍 녀석들은 전선의 상황을 전혀 이해 못 하고 있구나! 이해하는 것은, 주인 나리가 영 제일의 명장이란 것과 황제 폐하의 충신이라는 것뿐. ……허나."

주인 나리의 두 어깨를 짓누르는, 너무나도…… 너무나도 무거운 짐을 조금이라도 덜기 위해 지금까지 창을 휘둘러왔다. 죽을 때까지 그것을 멈출 생각은 없다.

석벽을 주먹으로 때렸다.

"주인 나리도 모든 것을 구할 수는 없거늘! 【삼장】이 모여 있었다면!! 아니, 도련님과 백령 님이 성장하실 때까지 시간을──…… 무슨 소리인고?"

다수의 기묘한 소리가 대하에서 들린다. 이것은 대체?

정파의 얼굴이 경악으로 물들었다.

"! 이 소리는…… 레엄 님!!"

"우음?!"

나를 그 자리에서 억눌렀다.

직후에 귀가 아플 정도의 소리와 함께 성 전체가 흔들리고, 병사들의 비명과 흙먼지가 곳곳에서 피어올랐다.

비틀거리며 일어서서 아연해졌다.

──위용을 자랑하던 『백봉성』의 성벽 곳곳에 커다란 구멍이 뚫리고, 다수의 파수탑과 통로가 무너져 있었다.

"이, 이것은……."

"서동군의 투석기입니다! 하지만, 대체 어떻게……?"

정파가 단정하고, 대하를 보며 눈에 힘을 주었다.

성벽에 올라온 병사들도 제각기 외쳤다.

"이, 이봐!"

"저건……."

"군선이다!"

"저 안쪽에는 뭐지……?"

좋지 않구나. 혼란이 퍼지고 있다.

상황을 확인하고자 대하 쪽을 보니── 하얀 안개 속에서 무수한 군선이 다가오고 있었다.

그리고, 그 후방에는 평면상의 그림자.

"이, 이런…… 이런 대군을………… 게다가, 투석기를 뗏목에 실었다고?!"

『윽?!』

정파의 비명으로 병사들에게 동요가 흐르는 가운데, 성 전체가 몇 번이고 금속탄을 맞아 흔들렸다.

……주인 나리, 이 노인의 목숨, 버릴 때가 온 모양입니다.

숨을 깊고 깊게 들이 쉬고,

"자리를 지켜라! 적병을 성 안에 들이지 마라!! 우리가 【영】을

지키고 있음을 꿈에서도 잊지 말거라!!! 주인 나리가―― 장태람이 우리들에게 이 땅을 맡겼음이야!!!!"

성 전체에 닿도록 호통을 쳤다.

병사들의 눈에 전의가 깃들고, 무기와 갑옷을 두드리며 호응했다.

『예! 예에!!』

통제가 돌아오고 달리기 시작하며, 설치된 대형 노에 달라붙었다.

나는 장창을 쥐고서, 친척 청년에게 조용히 명했다.

"정파, 너는 지금 당장 탈출하여 경양으로 달려가, 도련님께 이리 전해라――『이 성은 이제 버티지 못합니다. 무운을 비옵니다』라고."

"례엄 님?!"

"도련님과 백령 아가씨를 부탁하마."

아연실색한 청년의 어깨를 힘차게 두드렸다.

……조금만 더, 이 자의 성장도 보고 싶었다만, 하는 수 없구나.

굴러다니던 투구를 쓰고, 명했다.

"자아, 가거라!"

"――……예! …………예!!"

눈물을 삼키고, 정파가 달려갔다.

어느샌가 충격이 잦아들었다. 도련님이 말씀하신 것처럼, 투석기는 속사를 못 하는 모양이구나.

조금이라도 시간을 벌어야 한다.

"례엄 님!"

"너희들이냐."

내 곁으로 모인 것은 최고참의 노병들이었다.

빨리도 성벽에 사다리를 걸고 있는 적병을 확인하며, 크게 고개를 끄덕였다.

"가능한 젊은 자들을 빼낸다. 도와다오."

『맡겨 주소서!』

"……미안하다. 미안하구나."

얼마나── 싸운 것일까.

"후우, 후우, 후우…………."

경양으로 이어지는 성의 정문 앞에 선 것은, 이제 피로 지저분한 창을 가진 나 혼자뿐이구나.

함께 싸워온 노병들 대부분이 쓰러지고, 곳곳에서 불길도 오르고 있다.

아직 싸울 수 있는 자도 있을 것이지만…… 오래는 못 버틸 것이야. 기습을 받아, 곳곳으로 분단된 것이 뼈아팠다.

나 자신도 백염과 갑옷과 투구에 피가 말라붙어, 고통도 느껴지지 않는다.

"귀, 귀신이다……."

"괴, 괴물 자식!"

"함부로 돌진하지 마라. 활로 처리하라!"

그러나 말에서 내려 만용을 잃었는지, 북방의 마인 놈들이 격하게 겁을 먹고 멀찌감치 다가오지 않는다.

입술을 일그러뜨리고, 조소했다.

"후하하하핫! 이러한 다 죽어가는 노인을 그리도 두려워하다니…… 참으로 한심한 자들이구나!! 그러한 꼴로는, 장태람은커녕, 장척영과 장백령도 당해낼 수 없음이야. 얌전히, 북방으로 꼬리를 말고 돌아가는 것이 현명하겠구나!"

『큭!』

적병들이 굴욕으로 얼굴을 벌겋게 물들이고, 활을 겨누었다.

……여기까지인고. 창을 움켜쥐었다.

"모두, 비켜라."

"기다려라!!!!!"

계단에서 번쩍이는 금은으로 장식된 갑옷과 투구를 입은 적장 두 사람이, 뛰어내렸다.

한 명은 장신. 또 한 명은 단신. 명백하게 범상치 않은 자들이다.

"허어. 다소는 씹는 맛이 있을 법한 자들이 나왔구먼. 이름을 들어두지."

창을 고쳐 겨누자 선혈이 흘렀다.

사모와 도끼를 든 적장들이 사납게 이름을 밝혔다.

"위대한 늑대의 천자, 아다이 황제 폐하의『사랑』중 하나──『금랑』베테 즈소."

"『은랑』오바 즈소다. 영감님, 당신, 대단하군. 이름을 알려줘."

내 생애 최후의 상대가 『사랑』이라니!
무인으로서 영예, 이보다 더할 수는 없구나.

"장태람의 신하── 례엄."

몸가짐을 바르게 하고 이름을 밝혔다. 그래. 내가 바로 주인 나
리 제일의 신하다.
적장들이 놀라고, 전의를 끊어 올렸다.
"허어…… 귀공이 『귀신 례엄』인가."
"상대로서 부족함이 없구만!"
나 또한 웃음을 흘리고, 늙은 범과 같이 포효했다.

**"애송이들! 내 목, 그리 간단히 줄 수는 없다. 꼭 가지고 싶다
면── 자신의 목숨을 걸고 덤비거라!! 간다!!!"**

제3장

"위 장군, 여기 계셨습니까? 찾아 다녔습니다."

저녁 시간의 대하 하류, 『자류』라 불리는 쇠퇴한 촌락 교외에 구축한 야전 진지.

수평선에 가라앉는 해와 바쁘게 돌아다니는 병사들을 바라보고 있던 나——【현】제국의 장수, 위평안(魏平安)은 무거운 몸으로 돌아보았다.

【영】침공 제2군이라 불리는, 약 5만의 병사를 이끌어 대하 도하를 감행하고서 며칠.

적군의 반격은 약하고, 지금은 손해도 거의 없지만, 여기는 틀림없는 적지다.

과거의 고국이라 해도 향수를 느낄 틈이 없군.

척 보기에 쾌활한 실력자의 풍모인, 검은 머리의 젊은 참모에게 되물었다.

"……무슨 일이 있었느냐? 안석(安石)."

"별다른 일은 없습니다. 각 방향으로 척후를 보냈으니 기습을 받는 일도 없을 겁니다. 정말로…… 여기가 【영】인 걸까요?"

아무래도, 단순히 이야기를 하고 싶어서 나를 찾은 모양이군.

"아아, 귀관은 『영경』출생이었지."

"각하, 지금은 『연경』입니다. 우리 군 안에도 현 나라 사람이 있는 것을, 잊지 마십시오."

"⋯⋯미안하다."

코를 긁적이며, 사과했다.

50여 년 전, 영 제국이 대하 이북을 지배하던 시대에 그 수도는 『영경(荣京)』으로 불렸지만, 현의 침공 뒤『연경(燕京)』으로 개명되었다.

옛 영 나라 사람의 입장은 제국에서 낮다. 섣불리 불씨가 되는 발언은 삼가는 편이 좋겠지.

『대하 하류를 도하하여, 임경에 압박을 가하라.』

7년 전,【현】으로 항복한 내가 황제 폐하 직속의 하명을 받은 것을 좋게 보지 않는 장수들도 많으니⋯⋯.

나는 짧은 수염을 만지며, 눈을 가늘게 뜨고 북방의 대하를 보았다.

"우리는 대하를 넘었다. 게다가── 약병이라지만, 영 나라 군도 격파해냈다! 황제 폐하도 분명 기뻐하시리라."

"⋯⋯그렇다면, 좋겠습니다만."

묘하게 어색한 태도로, 참모가 표정을 찌푸렸다.

"왜 그러느냐? 출발하기 전에는『공을 세워 출세를 하고 싶습니다! 그것이, 옛 영 나라 사람의 지위 향상으로 이어질 겁니다!!』라고 그토록 말을 하지 않았느냐? 기뻐해라! 나이를 먹은 나와 달리, 네놈은 더욱 위를 노려야 하니까."

"⋯⋯숙부님, 귀를."

주변을 신경 쓰면서, 장래 위씨 가문을 짊어질 일족의 준영이 소리를 낮추었다.

이것은…… 귀찮은 일인가?

"병사들 사이에 소문이 돌고 있습니다. 『**우리는 장태람을 끌어들이는 미끼**』가 아닌가 하는. 또한 『경양에서 장가군이 출발했다』라는 미확인 정보도 조금씩."

진지 안에서 병사들이 식사 준비를 시작하고 있었다.

이 땅은 우리가 주요 전장으로 싸운 북동 전선에 비해, 기후가 온화하고 물도 풍부하다. 사기는 낮지 않다고, 생각했다마는…….

나는 코웃음을 치고, 확인했다.

"……말도 안 된다. 경양에서 여기까지 거리가 얼마나 된다고 생각하는 것이냐? 장가군은 현 나라 군 정도로 기병 중시는 아니다만, 하천과 웅덩이가 많은 땅을 대군이 단기간에 답파하는 것은 불가능하지. 군선을 준비했다 해도 그것은 마찬가지. 경양 방면의 척후에 이변은 있느냐?"

"없습니다. ……허나."

안석은 그래도 염려를 씻어내지 못했다.

지금까지의 경험을 보아 고참병들의 말에 일정한 신뢰를 두는 것이리라.

나는 참모의 어깨에 손을 두르고, 타일렀다.

"잘 들거라. 아다이 황제 폐하는 병사의 무익한 소모를 특히 꺼리시는 분이다. 만족을 상대하는 북동 전선에서도 그랬었지. 덧붙여…… 이것은 내밀한 이야기인데, 적 전력이 강대할 경우 독단으로 후퇴할 권한마저도 내려주셨다. 우리는 싸울 필요조차 없는 것이야. 『대하 하류에 현 나라 군이 존재한다』라는 상황을 만드는 것이, 우리들의 임무인 것이니까."

"! ……그 또한 황제 폐하께서?"

"그래. 몸이 떨리더구나."

고국을 버리고, 섬기기로 했기에 알 수 있다.

아다이 황제 폐하와 영 위제의 역량은, 천지 차이다!

위제 본인이 설령 선량하다 해도…… 직언을 반복한 나를 함정에 빠뜨려, 항복으로 몰아간 임충도와 황북작 같은 간신을 아직도 중용하고 있는 시점에서 앞날이 보인다.

……하물며, 그 어리석은 남자의 의붓딸을 총희로 삼다니.

나는 강한 역정을 느꼈다.

"첫째로. 장태람이 움직이면 경양은 함락된다. 그 땅이 함락되면……."

내가 쳐낸 과거가 휘몰아치며, 말을 머뭇거리게 된다.

내가 과거에 우러러본 【삼장】 중에서, 【봉익】과 【호아】는 이미 없고, 군사면으로는 【호국】이 거의 모든 것을 짊어지게 되었다고 들었다.

애절함을 떨쳐내고, 잘라 말했다.

"【영】이란 나라 자체가 멸망하는 것이다. 아무리 『임경』 놈들이 어리석다 해도, 양문상이 그러한 것을 용납하지 않을 게야."

"숙부님은, 그게…… 장태람과 양문상을 만난 적이 있으십니까?"

참모가 조심조심 질문했다.

——어린 시절과 같은 호기심 어린 눈동자.

스물이 넘고도 절반, 이제 곧 아비가 되는 녀석이.

쓴웃음을 지으며, 가슴을 쭉 펼쳤다.

지나가 버린 자랑스러운 시절. 그 무렵, 내가 이리될 줄은 몰랐다.

"있고말고! 두 사람 모두 당시부터, 명장과 명재상이었다. ……그저."

"그저?"

말을 머뭇거리는 나에게 안석이 의문스러운 표정을 지었다.

——장태람과 양문상은 일대의 걸물이다.

그러나, 두 사람은 어리석은 황제의 충신이다. 모든 재능을 발휘할 수 없으리라.

나는 잠시 눈을 감고, 고개를 흔들었다.

"아니…… 아무것도 아니다. 어쨌거나."

조카의 어깨를 두드리고, 가능한 밝게 행동했다.

『장수는 불안을 드러내선 안 된다.』

장태람 님에게 배운 것이다.

"우리는 우리가 해야 할 일을 하면 되는 것이다! 이번에 전공을 세우면, 나는 군을 그만둘 셈이야. 후임으로 너를——……무슨 소리냐?"

멀리서 들리는 다수의 군마가 푸레질하는 소리와 지면이 흔들리는 충격. ……남쪽?

적의 방어대는 뿔뿔이 흩어졌다. 이렇게 뭉친 수가 될 수는 없을 텐데.

참모가 희망적인 관측을 말했다.

"척후들이 돌아온 것일까요?"

"……아니."

병사들도 작업하던 손길을 멈추고, 주변을 경계하기 시작했다.

그리고── 거의 동시에 **남방의** 작은 산 위에서 펄럭이는 군기를 발견했다.

나와 조카는 격하게 동요하여, 비틀거렸다.

"마, 말도 안 된…… 있을 수 없다!"

"그, 그런 일이…….."

저물어가는 햇살 속에, 빛나는 군기에 적힌 것은──『**장**』.

【장호국】이…… 영 제국 최후의 수호신이 불손한 우리들에게 철퇴를 내리고자 나타난 것이다.

차례차례 다수의 적 기병과 보병도 모습을 드러내고, 우리 진지로 돌격했다.

견딜 수 없게 되어, 나는 비명을 질렀다.

"어떻게…… 배를 썼다고 해도 너무나 빠르다. 선술이라도 썼다는 것인가?!"

"각하! 서둘러 방어를!!"

재빨리 재기한 참모가 내 팔을 잡았다.

"……가자!"

"예!"

거칠게 숨을 쉬면서 몸을 돌렸다.

아마도 대운하를 군선으로 내려와, 은밀하게 군을 기동한 것이리라.

하천, 웅덩이가 많다지만, 이 땅은 영 제국의 영지. 우리보다 지리에 정통한 것은 자명하군.

그러나, 강행군이 틀림없다. 아직…… 아직 승부는 나지 않았다.

이길 수 없다 해도 싸워야 한다. 우리가 실수를 저지르면 현 나라 안의 영 나라 사람들이.

필사적으로 전의를 긁어모았지만, 나는 냉정하게 전황을 이해하고 있었다.

7년 전──【백귀】마저 궁지에 몬 나의 스승, 장태람을 이길 수 있을 리 없지 않은가.

*

"척영 님, 적의 모습이 보였습니다. 군기는 금사와 은사로 장식된 『늑대』! 수는 목산으로 약 5만!!"

감시탑 위에서 절박한 기색으로 오토가 보고했다. 망원경은 유리에게 돌려준 모양이군.

『윽!』

경양 북방에 급조된 야전 진지 안에 커다란 동요가 흘렀다.

……무리도 아니지.

이 자리에 있는 자들의 과반은, 사흘 전에 함락된『백봉성』에서 도망쳐온 병사들이다.

도하 뒤에—— 놈들이 즉시 공세를 재개하지 않은 것은 마지막의 마지막까지 최후미를 맡은 할아범과 노병들이 상당한 손해를 주었기 때문이리라.

『**현 나라 군의 공격으로 백봉성, 함락! 례엄 장군, 전사!!**』

소식을 들었을 때는 나도 백령도 믿지 않았다. 그 할아범이 설마.

그러나 포진하는 압도적인 적군을 직접 보게 되면, 싫어도 받아들일 수밖에 없다.

……어째서 이렇게 됐지. 외치고 싶은 격정을 억눌렀다.

보좌해주는 백령과 유리는, 오늘 아침에 재개된 서동군의 대공세를 억누르기 위해 없었다.

『장수된 자, 궁지일수록 평정을 유지하라.』

천 년 전의 황영봉이 젊은 장수들에게 논한 말을 되뇌었다. 궁지일수록 평정을 유지하라.

흑마의 갈기를 쓰다듬고, 적군을 평했다.

"왔군. 적의 선봉이다. 깃발을 보니【현】의『사랑』—— 북방의 대초원에서 날뛰었다는『금랑』과『은랑』이겠지."

고참병들 이야기에 따르면, 대하 전체를 뒤덮을 정도의 짙은 안개는 7년만이었다고 한다.

그것에 숨어, 거대한 뗏목을 이용한 투석기 사용이라는 기책과 기습 도하로 장가군을 지탱해온 『귀신 례엄』은 패한 것이다.

난양에서도 회전을 하기 전에 짙은 안개가 끼었지. 【백귀】는 날씨까지도 조종하는 괴물인 거냐?

왼쪽에 있는 정파가 이를 갈았다.

"⋯⋯⋯⋯전군, 돌격 준"

"마음은 알겠지만 진정해라, 정파."

나는 손으로 막았다. 이 청년 무장은 례엄의 죽음에 자책을 품고 있었다.

정파가 당장 울 것 같은 표정으로 외쳤다.

"그러나, 척영 님!!"

"할아범은!!!!!"

놀라는 정파와 병사들을 무시하고, 거무죽죽한 하늘을 우러러 보았다. 당장이라도 비가 내릴 것 같군.

⋯⋯아아, 나는 정말로 글러 먹었군. 잠깐 눈을 감고, 스러진 노장을 추도했다.

애마를 몰아 나아가, 병사들에게 고했다.

"례엄은 말이다⋯⋯. 나랑 백령에게도⋯⋯ 또 한 명의 아버지 같은 존재였다. 옛날부터 계속 우릴 보살펴줬지⋯⋯ 언젠가⋯⋯ 언젠가 은혜를 갚으려고 했었다. ⋯⋯누가 용서하겠나! 반드시 원수를 갚는다. 그렇기에── 진정해라. 너희들도! 개죽음을 당하는 건 절대 용서 못 한다. 『백봉성』에서 건진 목숨을 아껴라."

『…………예.』

모두 표정에 결의가 깃들고, 제각각의 무기를 고쳐 쥐었다.

대군 앞에서도, 군의 사기는 꺾이지 않았다.

병사를 아끼던 할아범 덕분이군.

"적진에 움직임! 적장으로 보이는 두 기가 오고 있습니다. 후방에도 한 부대. 저건…… 짐마차? 뭔가 실려 있는??"

『?』

오토가 당혹이 섞인 경계의 목소리로 말했다.

거의 모두가 전방의 현 나라 군 전열을 바라보았다.

──금과 은으로 장식된 갑옷과 투구 차림인 두 장수가 기마를 타고 다가왔다.

장신의 장수는 창날이 뱀처럼 구불거리는 기묘한 창『사모(蛇矛)』를 손에 들었다.

전에 명령이 보여 줬는데, 듣자니 이국의 단검에 촉발된 이름 없는 대장장이가 만든 물건이라 한다. 보통 창보다 살상능력이 높다고 했었지.

단신의 장수는 투박한 긴 자루 도끼를 손에 쥐고 있었다.

활의 사정거리 밖에서 말과 짐마차를 세우고, 적장들이 이름을 밝혔다.

"내 이름은 베테 즈소! 위대한 늑대의 천자, 아다이 황제 폐하의『금랑』이니라!!"

"내 이름은 오바 즈소! 자애로운 아다이 황제 폐하의『은랑』은 나를 말하는 것이다!!"

『?!』

진지가 술렁인다. 적장이 일부러 이런 짓을 하다니.

지난번 경양 공방전 때 내가 한 걸 흉내 내는 것도 아닐 거고.

사모와 도끼를 치켜든 적장들이 외쳤다. 짐말과 적병이 물러났다.

"적장에게 고한다! 싸우기 전에『귀신 례엄』공의 시신을 돌려주고 싶다!"

"우리들 형제의 명예를 걸고 맹세한다. 함정이 아니다! 용감했던 노장에 대한 경의다."

나는 눈을 부릅떴다.

……그래. ……그렇구나. 정말로 할아범은 이제.

깊게 숨을 들이쉬고, 허리에 찬【흑성】을 매만졌다.

나는 당장이라도 뛰쳐나가려는 청년 무장과, 내려온 갈색 피부의 소녀에게 명했다.

"정파, 너는 대기해라. 오토, 미안하지만 부대를 이끌고 관을 회수해다오."

"척영 님?!"

『……예!』

당황한 청년 무장의 가슴에 주먹을 대고서, 고개를 끄덕였다.

관을 회수하기 위해 십수 명의 병사들이 모였다. 다들 갑옷과 투구가 대단히 지저분하고, 경상을 입은 고참병들뿐이다. 『백봉성』의 생존자들이다.

"괜찮아. 저 녀석들은 진짜배기 『늑대』다. 자신들의 명예를 더럽히지는 않는다—— 가자."

"예!"

『예!』

도보인 오토와 고참병들을 이끌고, 나는 흑마를 몰았다.

——전방에 5만 이상의 적군. 후방에는 2만의 우군.

그 중간에서 관을 받아온다. 후세에 어느 사서에 적힐 것 같군.

도착하자마자, 고참병들이 짐칸의 관에 달려가 안을 확인했다.

"아아……!"

"노장군."

"젠장! ……젠장!!"

"례엄 님, 우리들을 살리느라…….."

비통한 눈물을 흘린다.

흑갈색 머리의 소녀를 눈으로 재촉하며, 나는 애마를 전진시켰다.

공격의 의사가 없다는 것을 표하기 위해, 한 번 칼집을 두드리고 적장들에게 이름을 밝혔다.

"**이 자리를 맡은 장척영이다! 『금랑』, 『은랑』!! 적으로 만났지만…… 례엄에 대한 경의, 참으로 감사한다!!!**"

『!』

적진 안에 커다란 파도가 흐르고, 동요했다.

적장들도 놀란 기색으로 말했다.

"허어. 귀공이."

"구엔과 세우르를 친 장씨 가문의 아들인가!"

은의 군장을 번득인 오바가 도끼를 가볍게 돌리고, 굶주린 늑대의 시선을 보냈다.

……이 녀석, 강하군.

사모를 휘두르고, 금색 군장의 베테가 진지한 태도로 요구했다.

"장태람의 아들! 그대쯤 되는 자라면 전황을 이해하고 있을 터! 승산은 없다! 항복하라!!! 아다이 폐하는 재능 있는 자를 사랑하신다. 귀공이라면 얼마든지 영달을 바랄 수 있으리라."

나는 【흑성】을 뽑아, 앞으로 겨누었다.

"과분한 평가 감사한다. 그러나…… 거절하지!"

칠흑의 검신에 햇빛이 반사된다. 먹구름이 걷혔군.

"내 이름은 척영! 장태람과 장백령이 거두어 목숨을 건지고…… 노 례엄의 자애를 받은 자다!! 그 은의를 팽개치고, 【백귀】의 부하가 되라 하는가? 거부하겠다!!!!!"

후방의 우군 진영에서 대환성.

『**장척영! 장척영! 장척영!**』

이름을 연호한다.

두 마리 『늑대』가 제각각 말머리를 돌렸다.

"……그렇군. 유감이다."

"너는 내가 치겠노라!"

적진 안에서 뿔피리가 울려 퍼지고, 기병이 달리기 시작했다.

검을 일단 거둔 나는 고삐를 당겨, 서둘러 방루로 뛰어들어 관에 다가갔다.

할아범의 얼굴은 【현】나라가 자랑하는 『사랑』과 격전을 치렀다고 생각하기 어려울 만큼, 온화했다.

"오오……."

"례엄 님……. 례엄 님!"

"우리들이 있었으면서도."

"용서하십시오……."

정파와 고참병들이 땅을 주먹으로 두드리고, 다른 병사들도 울고 있었다.

분파된 화창 부대를 솜씨 좋게 통솔하는 오토에게 손으로 신호를 보내고, 나는 등을 쭉 뻗었다.

"다들, 우는 건 나중에 해라. 할아범은 그런 걸 바라지 않아. 바라는 것은."

검을 하늘로 치켜들었다.

"우리들의, 장가군의 승리뿐이다! 징을 울려라!! 출진한다!!!"
『오오오오오오오오오오오!!!!!!!!!!!!!!!!!!!!!!!!!』

장병이 호응하며, 무기를 치켜들었다.

나쁘지 않다. 할아범이 지켜준 병사들은 아직 싸울 수 있다.

"전군을 통솔하겠습니다! 실례!!"

정파가 경례하고 말에 뛰어 올라 달려갔다. 저 녀석도 지금은 장가군을 지탱하는 젊은 장수다.

내가 최전선에 나서는 이상, 지휘에 전념을 해줘야 하지.

부하들에게 방어 준비 지시를 내리면서, 스스로도 화창의 최종 조정에 여념이 없는 갈색 피부의 소녀에게, 나는 말을 몰아 다가갔다.

"오토, 부탁이 있다. 장가군에 온 지 얼마 안 된 너 이외엔 부탁 못 해."

"네."

뿔피리와 징 소리가 전장을 휘감았다.

장신의 소녀는 바람에 나부끼는 짧은 흑갈색 머리칼을 손으로 눌렀다. 가능한 가벼운 어조로 말했다.

"죽을 생각은 터럭만큼도 없고, 오늘은 적당히 부딪히고 물러날 예정이다만…… 아무래도 상대가 상대야. 어떻게 될지 모른다. 정파도 저런 느낌이고. 만에 하나, 내가 당하게 되면 곧장 유리에게 지시를 청해라."

그 군사라면, 의부님이 귀환하실 때까지 백령과 함께 경양을 유지해줄 거다.

누가 뭐래도 불과 2만으로 서동군 10만을 완벽하게 막아내고 있으니까.

커다란 눈동자를 깜박이고, 오토가 당황했다.

"······백령 님이 아니라도 되는 건가요?"

"그래."

현의 기병이 날개를 크게 펼친 새처럼 포진하고 있다.

북방의 대초원에서 위세를 떨친 유목민족들이 잘 쓰는 진형이다. 천 년 전과 마찬가지군.

대군에 세세한 전술 따위 없다. 기병의 충격력으로 짓누르면 된다.

나는 신기하게 재미있다고 느낀 다음, 한쪽 눈을 감았다.

"우리 공주님은 냉정해 보이고, 실제로도 그렇다만······ 한 식구한테는 별개야. 분명히 폭주할 거다. 그 점에서 유리라면 최선의 수를 쓰겠지."

백령은 정말로 상냥한 녀석이다.

할아범에 이어 내가 죽으면······ 뭐, 울겠지. 아니, 울면서 화를 낼까?

오토가 납득한 기색으로 수긍했다.

"알겠습니다. 다만, 한 가지 괜찮을까요?"

"그래, 말해봐."

이 우가군 출신 소녀에게는 잔뜩 신세를 졌다. 요망을 듣는 거야 어렵지 않다.

그러자 오토는 나이에 걸맞은 앳된 표정을 짓더니, 검지를 내 코앞에 척 내밀었다.

"당신에게 무슨 일이 있으면, 유리 님도 대단히 슬퍼하십니다.

그것을, 부디 생각해 주세요. 만약 잊는 일이 있다면──.”

손에 든 화창을 쏘는 시늉을 했다.

이『오토』가 진짜 모습이겠지. 낯을 가리는 유리가 잘 따를 만 해.

손을 드는 시늉을 하면서 동의했다.

“알았어. 기억해둘게.”

“죄송합니다. 분수에 안 맞는 짓이었습니다.”

기품마저 느껴지는 우아한 동작으로, 소녀가 깊이 고개를 숙였다.

우가군에는 서역 토착 민족들도 있다고 들었는데…… 어쩌면 오토도 양가 출신일지 모른다.

캐묻는 취미는 없으니, 씨익 웃었다.

“이 단기간에 완전히 유리의 오른팔이 되어 버렸구만? 다음에 병기 둘 때 좀 봐주라고 말을 해줘.”

“설마요! 척영 님은 저에게 미움받으란 말입니까?”

“농담이야, 농담.”

생각 이상으로 말할 수 있다는 걸 안 소녀에게 왼손을 흔들고, 정렬한 군의 최전선으로 애마를 몰았다.

활과 전통을 확인하고, 청년 무장의 이름을 불렀다.

“정파.”

“예! 기병 3천, 준비를 마쳤습니다. 척영 님…… 무운을 빕니다!!”

망설임 없이 반응하고 방루 안으로 물러난다. 적재적소다.

나는 미소를 흘리며, 외쳤다.

"간다! 장가군 병사들이여!! 늦지 말고, 나를 따르라!!!"
『예!!!!!』

애마에게 지시를 내려, 전군의 선두를 달렸다.

돌격대 기병 3천도 호응하여, 내 뒤를 따랐다.

『?!』

장병의 전의가 적의 최전열까지 닿아, 창과 깃발이 흔들렸다.

적은 『금랑』과 『은랑』이 이끄는 이쪽을 압도하는 대군.

그러나—— 혼란에 빠진 사이 전위를 치고 물러나는 것은 불가능하지 않다.

활에 화살을 여러 대 메겨서 적 지휘관을 노리는데, 내 후방에 기병이 따라붙었다. 다들 장비가 낡았군.

"도련님!"

"등을 맡겨주십시오."

"례엄 님의 명령입니다."

"양해하십시오!"

『백봉성』의 전장에서 살아남은 노병들이다.

할아범의 설교가 멀리서 들린다. 도련님, 무리는 금물입니다.

"……흥. 죽어서도 참견쟁이로구만!"

"?!"

화살을 쏘아, 지휘봉을 휘두르던 적 지휘관의 이마를 꿰뚫었다.

황급히 돌격을 개시한 적 기병의 어깨, 팔, 허벅지에 화살을 쏘면서 아군을 고무했다.

"늑대 놈들의 콧대를 계속 때려라!!!!!"

『예!!!!!』

기마사격을 할 수 있는 아군이 하염없이 돌격해오는 적 기병에 화살비를 쏟아 부어 쓰러뜨린다.

——확실하게 우위.

우리는 지금, 천하의 현 나라 기병을 상대하면서 호각 이상으로 싸우고 있다!

그러나 이것은, 혼란이 잦아들면 무너지는 찰나적인 것.

적당한 때에 방루 안으로 도망쳐서, 활과 화창의 사정 거리 안에 끌어들여야…….

"장척여어어어어어어어어어어엉!!!!!"

"! 칫!!"

갑자기, 날아온 창을 【흑성】의 일섬으로 양단.

아군이 쏜 화살의 비에 꿈쩍도 않고, 도끼를 휘두르면서 『은랑』 오바 즈소가 단기로 돌진해왔다. ……그리 쉽게 풀리진 않는군.

후방의 노병들과 다른 기병들이 요격하고자 움직이려 하는 것을 「기다려!」 하고 일갈해서 막았다.

활을 등에 지고 어깨너머로 명했다.

"충분하다! 방루로 가라!! 정파가 지시를 할 거야."

『! 척영 님?!』

병사들의 제지를 뿌리치고, 나는 도끼를 휘둘러대는 적장과 마주셨다.

오바는 은으로 장식된 투구 안의 표정에 희색을 띠고, 부하들에게 「손대지 마라!」 하고 외치더니, 단숨에 거리를 좁혔다.

"후하하하핫! 총대장이 선봉에 서서 돌격하다니! 마음에 들었다. 마음에 들었어어어어! 포상이다!! 내가 그 목을, 가져가 주마!!"

"어딜!"

스치면서 도끼와 검이 부딪히고, 격렬한 불똥이 튀었다.

징 소리가 격해지며, 아군에게 후퇴를 명하고 있었다. 적 기병은 나와 오바를 멀리서 보고 있는 부대도 많고, 격렬한 추격은 하지 않는 모양이군.

한 마리의 늑대가 송곳니를 드러냈다.

"제법 하는구나! 내 도끼를 제대로 받으면서, 검이 부러지지 않다니!!"

"칭찬 고맙, 수다!'

또다시 거리를 좁히고, 이번에는 지근거리에서 십수 합을 나누었다.

자루가 긴 도끼는 근접 전투에 적합한 무기가 아니다.

그러나── 오바는 탁월한 기량으로, 내 참격을, 찌르기를, 차례차례 막아낸다.

"왜 그러나! 『적랑』과 『회랑』을 친 솜씨를 보여봐라!!"

"젠장!"

내리치기를 튕겨내고, 재삼 거리를 벌렸다.

주위에는 이미 적 기병밖에 없지만, 이 녀석만 쓰러뜨리면 탈출은 불가능하지 않—— 대열 한 곳이 갈라지고, 사모를 든 금의 군장을 입은 적장이 돌진해왔다.

"오바!"

"형님, 손대지 마! 이 녀석은 내가 친다!!"

보통 명마가 아니군. 무시무시함마저 느껴지는 속도로, 『은랑』 이 나에게 다가와 맹렬하게 도끼를 휘둘렀다.

일격, 이격, 삼격—— 받아낼 때마다 손이 저린다.

【흑성】이라 멀쩡하지만, 보통 검이었다면 진작에 부러졌다——.

"큭!"

몸을 한껏 뒤로 쓰러뜨려, 옆에서 날아온 사모의 찌르기를 간신히 피했다.

뱀처럼 구불거리는 창날이 불길한 빛을 뿜었다.

자세를 되돌리면서, 옆으로 쓸어내는 사모를 튕겨내 거리를 벌렸다.

오바가 『금랑』 베테 즈소에게 말을 몰아 다가가, 노호했다.

"형님!"

"아우여…… 잊지 마라. 이곳은 전장! 우리들은 전군의 선봉에 있다. 장척영, 미안하지만 죽어줘야겠다! 구엔과 세우르는 우리들 형제에게 좋은 전우였다!!"

"흥! 내가 할 말이다!!"

두 마리 『늑대』에게 말하면서, 타개책을 생각했다.

이 형제는 강하다. 동시에 상대하는 건 지극히 어렵다.

——……도망칠까.

"무슨 생각을 하고 있나!"

"너를 쓰러뜨릴 방법이야!"

베테의 변칙적인 참격과 날카로운 찌르기를 받아 흘리고, 애마를 달리며 귀를 기울였다.

적 기병이 대단히 소란스럽다. 정파가 포위하는 적에게 압박을 더해서—— 오한.

"미안하지만, 죽어라!!!!!"

반사적으로 단검을 뽑아, 반대쪽에서 돌진하는 오바에게 던졌지만, 공중에서 베어 버렸다.

베테도 호기를 놓치지 않고, 사모를 양손으로 고쳐 쥐었다.

"아우여!"

"형님!"

좌우 동시 협공. 위험해, 죽는다.

하다못해 한 명은—— 적 기병의 일각이 붕괴하고, 적장들에게 소도(小刀)가 날아갔다.

"우음?!"

"뭣이?!"

『금랑』, 『은랑』은 갑작스런 공격을 막아냈지만, 경계심을 드러내며 거리를 크게 벌렸다.

——거마를 몰면서, 청룡언월도를 든 미염의 장수가 유유히 나타났다.

압도적인 위압감에, 목숨 아까운 줄 모르기로 유명한 적 기병도 경직 상태였다.

"그 녀석은 내 아들이야. 당하게 둘 수는 없지."

"의, 의부님?!"

여기 있을 리 없는【호국】장태람이 내 앞까지 말을 몰아 와서, 미염을 매만졌다.

적 기병을 쓸어버리고, 돌입해온 아군 기병이 나를 둘러싸는 가운데 그저 놀랐다.

……아니, 어떻게 대하 하류에서? 아무리 그래도 너무 빠르다!

적장들도 마찬가지였는지, 적 기병의 대열 안에서 혼란을 숨기지 못했다.

"말도 안 된다……."

"어이, 거짓말이지?"

"자, 어쩌겠는가? 나로서는 이 자리에서 그대들의 목을 취해도 좋은데?"

『~~~큭!』

적 기병들에게 공포가 흘렀다.

오랜 세월에 거쳐 이 땅을 지키며, 승리를 이어온 의부님의 무명은【현】에도 전해진 모양이군.

험악한 표정의 베테가 사모를 휘둘러, 결단을 내렸다.

"……후퇴한다."

"형님?!"

아우가 불평을 섞어 부르지만, 반응하지 않고『금랑』은 말 머리를 돌렸다.

분연히 도끼로 바위를 베어낸『은랑』도 그 뒤를 따르고── 도중에 제각각 말을 멈추었다.

"장척영! 그 이름, 단단히 기억했다!!"

"다음엔 용서 않겠다!"

사모와 도끼를 치켜들고,『늑대』들이 적 기병과 함께 정연하게 후퇴했다.

……살았, 구나.

몰려드는 피로를 느끼고 있는데, 의부님이 돌아보았다.

"척영아, 철수하자꾸나. 명령 공에게 부탁하여, 대운하에 숨겨 둔 외륜선단을 써서 군을 기동시켰지. 그 덕분에 어떻게든 늦지 않고 너를 구원했다마는…… 나보다 먼저 간 례엄에게 불평도 해야 하니까."

"! 명령의──……알겠습니다. 저, 저기 의부님!"

"『감사합니다』따위의 말은 말거라. 나는 지극히 당연한 일을 했을 뿐이야."

"앗, 네."

아군 장병에게서 실소가 흘렀다. 노려보자 점점 더 웃음이 커졌다.

의부님도 만족스레 눈가를 풀고── 전장 전체에 울리는 명령을 내렸다.

"다들, 내가 없는 동안, 잘 분전해 주었다. 추격은 할 것 없다! 다친 자를 버리지 말고, 경양으로 물러나라."

『예! 장태람 님!!』

＊

"척여어엉……."
"우옷!"

장씨 가문 저택의 내 방에서 나를 기다리고 있던 것은, 분노한 장백령이었다. 은발을 곤두세우고, 창안은 칼날처럼 날카롭다.

실내에는 조하와 오토도 있는데…… 글렀군. 즐기고 있어.

백령의 압력에 밀리면서도, 필사적으로 양손으로 막아냈다.

"뭐, 뭔데? 오, 오늘은 네가 화낼 일은, 안 했는──."

"오토 씨에게 전부 들었습니다."

"뭐?!"

배, 배신했어?!

즐거운 기색의 조하 옆에서 갈색 피부의 소녀가 새침한 표정을 지었다.

"저는 언제 어디서든 여자아이의 아군입니다. 유리 님을 불러 올게요."

"오토 님하고는 좋은 친구가 될 것 같아요♪"

그렇게 말하고, 두 사람은 얼른 방을 나섰다.

처음부터, 내 언동을 전하는 밀약을 맺었던 거냐. 시, 실수했다…….

머리를 감싸 쥐고 있는데 백령이 긴 의자에 앉았다.

"자, 앉으세요."

"……네."

이 상황에서 거절할 배짱 따위, 나한테는 없다.

【흑성】을 【백성】 옆에 세워두고, 소녀 곁으로 갔다.

"정말이지! 뭐가『만에 하나, 내가 당하게 되면——』인가요!! 나는 그런 허가를 한 기억이 없어요!!! 게다가, 적의『금랑』과『은랑』을 동시에 상대하다니! 화낼 겁니다?!"

"……아니, 벌써 화났잖아."

양손을 마주 대고, 백령이 미소를 지었다.

등골이 오싹하다. 아, 위험해.

"뭐라고요?"

"…………죄송합니다."

인간, 순순히 사과하는 게 제일이다.

한숨이 들리고—— 머리를 끌어안겼다.

꽃향기. 입욕할 여유가 서방 방면에는 있었구나.

검은 머리를 손가락으로 빗겨주면서, 백령이 불평을 했다.

"이래서 당신을 혼자 두는 게 싫은 거예요. 평소에는『지방 문관이 될 거야!』라고 말하면서…… 하필이면, 내가 없을 때만…… 무모한, 짓만 해대고…………."

볼에 따스한 것이 느껴졌다.

고개를 들어, 눈동자를 적시는 백령을 놀렸다.

"울지마, 할아범은 만났어?"

"……안 울었어요. 례엄하고는 작별 인사를 하고 왔습니다."

옆을 보면서, 은발 소녀가 눈가를 소매로 닦았다.

어깨와 어깨를 붙이고, 빠른 말투로 통고.

"내일은 함께 갈 거예요."

"아니, 그건."

"안 들어요. 절대 안 들어요. ……안 들어요."

"하아……."

완고한 태도와 눈물에 나는 주저해 버렸다. 장백령은 완고한 녀석이니까.

복도에서 다수의 발소리가 들려, 구원을 청했다.

"미안…… 백전연마의 군사 나리, 우리 공주님 좀 설득해줘."

"바보구나. 당연히 싫지."

검은 고양이를 왼쪽 어깨에 올리고, 파란 모자를 벗고 있는 유리가 성큼성큼 다가왔다. 당연하게 오토도 함께다.

눈앞에, 작은 손가락이 딱 멈췄다.

……어라? 혹시 화났나??

"잘 들어? 좋은 기회니까, 무리하고 무모한 짓을 참 좋아하는 자칭 지방 문관 지망에게 가르쳐줄게. 인간은 죽으면 끝이거든?? 살아서, 살아서, 살아남아서!"

취안에 깃든 강한 의지의 빛이 나를 꿰뚫었다.

──아아, 그렇군. 이 선낭도 고향과 가족을 한 번 잃었었지.

유리가 손가락을 튕겨 내 이마를 때렸다.

"먼저 가버린 사람들이 보지 못한 세상을 본다. 그게, 살아남은 자의 의무잖아? 그렇게 생각지 않아? 장척영 님?"

"……척영?"

계속 우는 백령이 내 소매를 잡아끌었다.

……도리가 없군. 양손을 들었다.

"항복. 내가 졌다. 단! 백령의 동행은 의부님과 유리의 허가를……."

"나는 상관없어. 서방의 상황은 단적으로 말해서 수가 없어. 오토."

"네, 유리 님."

원탁 위에 지도 두루마리를 펼쳤다.

나는 백령의 눈물을 천으로 닦아주며 들여다 보았다.

경양의 방어태세가 그려져 있었다.

서방의 방루와 참호가 몇 갠가 망가졌지만, 태반은 건재하다.

유리가 내 옆에 앉아, 검은 고양이 유이를 무릎 위에 올려 쓰다듬었다.

"우회 작전 이후, 서동군은 꼼꼼하게 방루 하나하나와 호를 없애면서 전진하려 하고 있어. 그에 비해서, 이쪽은 활과 화창으로 대항하는 중이지. 때때로, 역습도 하면서. 오늘은 백령이 적진의 투석기를 태워서——."

"잠깐."

거기까지 듣고, 나는 유리의 전황 보고를 가로막았다.

옆에 있는 백령을 노려보았다.

"……야. 역습에 대한 거, 나는 못 들었는데?"

"말하면 반대할 거라고 생각했어요. 아버님에게는 허가를 받았습니다."

"뭣! 야 좀…… 너는 장씨 가문의 후계자거든? 무슨 일이 있으면, 대체 어쩔 셈── 어, 어어, 유리 씨? 오토 씨?? 왜 그런 표정이신지???"

내 설교는 군사와 그 보좌의『이 녀석 대체 무슨 말을 하는 거지?』라는 시선에 견디지 못하고, 점점 소리가 작아졌다.

"당신이 잘못했어."

"척영 님이 잘못했습니다."

"뭐?!"

반론조차 용납하지 않는 어조다. 나는 입을 잉어처럼 뻐끔거렸다.

백령과 유리가 볼을 찔렀다.

"당신도『장척영』이거든요."

"명령이 불평하는 게 이해되네."

"자각이 없으세요."

"으그그……."

아, 안되겠다. 승산이 전혀 안 보여.

오토까지 자연스럽게 끼어 있잖아.

"하하핫! 즐거워 보이는구나."

"실례합니다."

『!』

가가대소하면서 군장 차림의 의부님이 들어오셨다. 정파를 데리고 있다.

황급히 일어서려는데, 커다란 손으로 말렸다.

"편하게 있거라. 시간도 얼마 없다. 누가 뭐래도── 내일은 결전이다. 일찍 자고, 피로를 떨쳐내야지. 미안하지만 인식을 맞춰두고 싶구나."

눈동자에 떠오른 결의로 이해했다.

【호국】장태람은 포기 따위 하지 않았다.

나는 백령에게 눈짓하고, 이어서 이번 공방전에서도 이재를 발휘한 군사에게 청했다.

"유리── 내일 전황 예측을 부탁한다. 상정은, 【백귀】아다이가 이끄는 현 나라 군 본대가 아침에 포진. 재편되어 있을 『사랑』도 휘하의 군과 함께 참전한다, 라는 걸로."

"야전용의 투석기는 없다, 고 생각합니다. 『백봉성』을 함락시키고 아직 사흘. 운반과 조립에 쓸 시간이 있을 것 같지는 않아요."

"……마음의 위안 정도네. 현 나라 군 주력과, 수가 줄어들었다지만 서동군도 더해지잖아?"

깊은 한숨을 내쉬고, 유리는 손을 깍지 끼면서 작은 머리를 눌렀다.

오토와 정파가 최신 정보를 보충했다.

"그 『사랑』 말입니다만, 한 명은 모습이 보이지 않는 것 같습니다."

"방금 전에 돌아온 척후의 정보이니 틀림없을 겁니다."

적의 선봉은 『금랑』과 『은랑』.

『적랑』과『회랑』은 쓰러뜨렸지만……『한 명』이라.

지난 전쟁에서 교전하여, 백령과 유리의 도움을 빌려 물리친, 검은 머리의 거구에다 왼쪽 볼에 칼의 상처를 가진 괴물——【흑인】기센의 모습이 뇌리를 스쳤다.

유리에겐 일족의 원수이기도 한 그 남자도 나타날 가능성이 높다.

금발의 선낭이 고개를 들었다. 암담한 기색으로 고개를 저었다.

"결론부터 말할게—— 무사히 승리하는 건 그 【왕영】이라도 불가능해."

지극히 당연한 의견이다.

아니, 그 녀석은 반대로 이 상황이 되도록 몰아넣는 쪽이군.

『전쟁은 시작되기 전에 결판을 내는 게 제일 좋다. ……너처럼, 검으로 모든 전국을 뒤집는 무리는 모르겠지만 말이다!』

생각해 보면 실례란 말이지. 전생의 나도 그렇게 바보 같지는…….

유리가 각 정보에서 적의 전력을 판정했다.

"현 나라 군의 투입 병력은 준비하고 있는 진의 규모를 봐서 추정 약 15만. 【백귀】가 총지휘를 맡고, 용장, 맹장이 다수……. 게다가, 대부분 정예 기병일 거라고 생각해."

탈취한 『백봉성』에 수비 병력을 분파하고서도, 야전에 그만큼의 병력을 투입한다.

적군의 각개 분산과 우군의 전력 집중.

……의부님이 일시적으로 경양을 벗어난 것마저, 놈의 수법이었을지도 모른다.

아다이 다다는 무시무시하게 견실한 남자다.

유리가 경양 서방으로 손가락을 움직였다.

"여태까지의 전투로 기병 다수를 잃은 서둥군에, 우회를 다시 결행할 움직임은 보이지 않아. 그러나, 경양을 강공한다면."

"수비병 2만은 빼낼 수 없겠군."

우선 틀림없이, 내일은 보조 공격의 서동군도 강공을 할 거다.

다시 말해서, 우리가 야전에서 움직일 수 있는 병력은 약 3만밖에 없다.

"그렇다고, 전군으로 농성책을 하는 것도 무의미해. ……증원이 없는걸. 아까 이게 왔어."

금발취안의 군사가 탁상에 편지를 꺼냈다. 명령의 문자다. 딱딱하군.

『묘당의 의견은 완전히 흐트러져, 경양 구원파와 임경 방어파가 연일 말다툼을 벌이고 있다 합니다. 서동에서 시험 제작된 물건을 보냅니다. 유리 씨…… 부디, 척영 님과 백령 씨를 도와주세요.』

……최악이군.

노재상은 『경양 구원』을 주장한다고 믿고 있지만, 이 지경에 와서 도읍의 방어?!

백령이 불안하게 내 소매를 잡고, 의부님은 주먹을 움켜쥐었다.

"농성할 생각은 없다. 대하 하류를 도하한 적군은 물리쳤으니.

이걸로 동쪽을 찔릴 걱정은 없음이야."

간단히 자신이 이룩한 새로운 무훈을 제시하고, 장태람이 모든 것을 끊어냈다.

"일이 이렇게 된 이상── 내일은, 그저 적 본진을 향해 달리는 수밖에 없지 않겠느냐? 뭐, 그 정도의 대군이 아니냐. 분명히 통제에 느슨한 부분이 생길 것이야. 아다이라 해도…… 신이 아님이라."

진정으로 무시무시한【장호국】.

유일한 역전의 싹── 적의 총대장, 현 나라 황제 아다이 다다를 치는 것만을 노린다는 거군.

나와 백령은 동시에 입을 열었다.

"따르겠습니다."

"아버님, 척영과 함께 가는 것, 허락해 주세요!"

"…………미안하구나."

"'윽!'"

정파와 오토가 놀라는 것도 신경 쓰지 않고, 의부님이 우리에게 고개를 숙였다.

이런 사람이 바로『명장』이라는 거겠지.

"책략은 있어."

유리가 무거운 어조로 중얼거리자, 모두의 시선이 집중됐다.

손에 검은 꽃을 만들어내고, 선낭이 고개를 숙이며 자조했다.

"……미안. 그게 아냐. 이런 건 책략도 뭣도 아냐. 단순한 잔재주네. 하지만, 단순히 돌격하는 것보다는 훨씬 가능성이 있을 거야."

결전에 대한 인식을 맞추고 나서, 의부님과 정파는 발 빠르게 방을 나섰다.

이어서 머리를 너무 썼는지 잠들어 버린 유리를 업은 오토를 배웅하고── 나는 마지막까지 남은 백령을 돌아보았다.

"자, 너도 방에."

"오늘밤은!"

말을 가로막으며, 가슴에 머리를 댔다.

몸이 떨리고 있다.

"……오늘 밤은, 같이가 좋아요. 안 되, 나요……?"

갖가지 일을 감안해서, 나는 상냥하게 등을 쓸어주었다.

"어쩔 수 없구만. 덮치지 마라?"

"아, 안 덮쳐요! ……정말."

볼을 부풀린 백령은 침대에 드러눕고서, 기쁘게 웃음을 흘렸다.

"거짓말을 했어요── 오늘 밤이 아니라, 『내일도』였어요."

"알고 있어. 이제 와서, 이러쿵저러쿵, 뭐라고 안 한다."

선반에서 이불을 꺼내 은발 소녀에게 덮어주고, 붉은 머리끈을 풀었다.

침대 옆에 세워둔 쌍검을 보았다.

"【흑성】과 【백성】── 두 자루가 모여야 【천검】이다. 승리를 확신하고 있을 하얀 귀신에게, 나랑 네가 본때를 보여주자고. 네 등

은 내가 지킨다. 맡겨둬."

"──그러면."

백령이 상반신을 일으키고 내 오른손을 잡아 끌어안더니, 기도하듯 눈을 감았다.

"나도 당신을 절대 죽게 놔두지 않아요. 약속해요."

"나도 너를 절대 죽게 놔두지 않거든."

"……그, 그건, 쑥스러워하세요, 정말!"

*

"의부님!"

"아버님!"

이튿날 미명의 경양 북방 교외.

나와 백령은, 전투 준비를 마친 장가군 약 3만의 최전열에서, 아침 안개에 잠겨 꿈틀거리는 적진을 바라보고 있던 명장을 불렀다. 손에 든 청룡언월도가 빛을 반사했다.

"둘이── 왔구나. 유리 공은 납득을 하더냐?"

"네, 간신히."

"꽤나 삐쳤지만요. 오토 씨가 달래주었어요. 조하를 호위로 붙였습니다."

돌아보지 않고 묻는 말에, 응답하고 나란히 섰다.

설득하느라 꽤 고생했다. ……조하도 그렇지만.

나는 유리가 『반드시 돌려줘!』라고 하며 억지로 떠넘긴 망원경을 꺼내, 적 선봉을 확인했다. ──적 선봉의 군기는 『금랑』과 『은랑』.

유리의 책략대로라면, 갑자기 다시 싸우게 될 거야.

망원경을 품에 넣고, 어깨를 으쓱거렸다.

"그 녀석은 사서에 나올 법한 방에 틀어박힌 군사가 아니라, 말도 타고, 여차하면 활도 다룰 수 있어요. 사실은 전장에서 지휘를 해줬으면 좋겠습니다만."

"예상대로 서동군도 움직였습니다. 경양에는 유리 씨가 필요해요."

"흠. ……정파는 어떻더냐?"

"그 녀석이 더 난리였어요."

평소에는 성실하고 나와 백령의 명령에 잘 따라주지만…… 례엄의 죽음에 강한 책임을 느끼는 거겠지. 좀처럼 『예』라고 하지 않았다.

누가 뭐래도 【현】과 결전을 하는 것이다. 마음은 쓰라릴 정도로 이해한다.

나는 숨을 내쉬고, 전장을 둘러보았다.

우군 좌익 안쪽── 유일하게 존재하는 작은 언덕 위에 노획한 투석기 몇 대를 설치하고, 『장』의 깃발이 흔들리고 있었다. 어젯밤에 포진한 나와 백령이 직접 이끄는 약 3천이다.

적군이 보기에는 돌출되어 있으니, 노골적인 미끼로 인식할 거야.

……그랬으면 좋겠다.

바람이 풀을 흔들고, 천천히 아침 안개가 걷힌다. 터무니 없는 대군이야.

나는 흥분에 몸이 떨리는 것을 느끼고, 【흑성】의 자루를 움켜쥐었다.

"다만, 의부님과 백령, 나까지 출격하는 이상, 누군가 경양에 남을 필요가 있습니다. 유리는 병사들에게 절대적인 신뢰를 얻고 있지만, 우리 군에 온지 얼마 안 됐어요. 지휘를 할 자가 필요합니다."

"……정파에게는 몹쓸 일을 시켰네요."

창안의 소녀가 은발을 누르며, 침통함을 드러냈다.

눈앞에 원수가 있다. 그런데 나서지 말라고 명한다.

──따르기에는 괴로운 결단이다.

"잔혹한 것은 알고 있다. 그러나, 달리 수가 없구나. 이제 정파도 격전을 헤쳐 나온 강자. 난전을 거쳐, 대국을 부감하는 눈도 길렀을 것이야── 척후에 적진 정찰을 시켰다. 일단은 보거라."

"“예!”"

나는 의부님이 내민 종이 조각을 받아 곧장 펼치고, 백령과 함께 들여다보았다.

적군의 대열을 알기 쉽게 그려놓았다.

역시, 선봉은 『금랑』과 『은랑』 형제가 이끄는 정예 기병.

그 뒤에 따르는 수많은 용장, 맹장들.

아다이가 있는 본진은 최후방에 있고, 지키고 있는 것은 【흑랑】.

아마도, 현 나라 군 최강의 용사라는 【흑인】 기센이겠지. 영달한 건가.

목표인【백귀】를 치려면,『금랑』과『은랑』을, 용장과 맹장을, 15만이 넘는 적병을, 사람의 모양을 한 괴물을 돌파해야 한다.

모두 살핀 나는 그래도 순수하게 찬탄을 흘렸다.

"하~! 이건 장관이군요."

"……척영, 적을 칭찬해서 어쩌려고요."

옆에 있는 백령이 팔꿈치로 찔렀다. 종이를 접어 품에 넣었다.

"사실이잖아? 만약, 의부님의 지휘 아래 이 정도 군이 있었다면, 나는 진작에 지방 문관이 됐을 거야."

"……지금은 농담을 들어줄 기분 아니에요."

기분이 틀어진 것을 감추지도 않고, 고개를 획 돌렸다.

백령은 장씨 가문의 기린아다. 내 말을 누구보다 이해하고 있다.

은발창안의 소녀가 자세를 바로잡았다.

"아버님, 진언합니다. 이번 전쟁…… 유리 씨의 책략으로도 승기는 희박하리라 생각합니다. 부디, 본영에서 지휘를 하세요!【백귀】는 저와 척영이 반드시 치겠습니다!!"

나는『따라와라』라는 거군. 뭐, 거절해도 따라갈 거고, 죽게 만들지 않을 거지만.

갑자기 의부님이 움직였다.

"……백령아."

"어?"

『!』

사랑하는 딸을 끌어안았다. 후방에서 우리를 살피고 있던 병사들도, 얌전히 놀랐다.

모두의 반응도 신경 쓰지 않고, 의부님이 커다란 손으로 백령의 머리를 쓰다듬었다.

"아직 어리다고 생각했다만, 모르는 사이에 성장을 했구나. ……큭큭큭. 내 머리와 수염이 하얗게 변할 만도 하군."

"아버님……."

손을 놓고, 【영】의 명운을 짊어진 명장은 표정을 풀었다.

"너의 헌신이 진심으로 기쁘구나. 그러나── 작전에 변경은 없다. 이유는 알고 있겠지?"

"…………네."

백령은 표정을 일그러뜨리고, 내 가슴에 얼굴을 댔다. 눈물로 군장이 젖었다.

책략은 있다. 유리가 짜낸 회천(回天)의 책략이.

동시에 가늘고 가는 실을 더듬어서 이룩하기에는, 백령과 나에게는 역부족이다.

──이제 곧 밤이 밝는다.

나는 백령의 어깨를 끌어안고, 말했다.

"장태람 장군. 모두가 말씀을 기다리고 있습니다."

"──……그래."

거마에 올라탄 명장이 3만의 아군을 돌아보았다.

"내 강병들아! 잘 모여주었다, 장태람이다!!"

『오오오오오오오오오!!!!!』

아군의 대환호에 적진 안의 부산스러움이 늘었다.

의부님은 미염을 매만지며, 쓴웃음을 지었다.

"하룻밤 생각을 했다만…… 이런 자리에서 할 말이 떠오르질 않았다. 이래서 도읍에 있는 학문을 닦은 자들이 문관은 바보라고 웃는 것일지도 모르겠구나."

살기를 띠고 있던 장병의 얼굴도 어느 정도 느슨해진다.

크게 외치는 것도 아닌데 신기하게 잘 울리는 목소리다. 수많은 전장을 살아남으며 얻은 것이겠지.

일변하여, 의부님의 표정에 엄격함이 깃들었다.

"따라서── 거짓을 말할 수는 없다. 우리는 참으로 열세에 있다."

『………….』

진지가 조용해지는 가운데, 말을 돌려 적군에게 오른손의 청룡언월도를 겨누었다.

"적군을 이끄는 것은 현 나라 황제【백귀】아다이 다. 선봉은 맹장『금랑』과『은랑』형제. 그 밖에도, 용장, 지장, 명장이 기라성 같다. 병력의 수 차이는 비할 바도 없지. ……그에 비해서 우리는."

어깨 너머로 보인 얼굴에는 피로와 체념. 생각해 보면 당연하다.

의부님은 지금까지 계속…… 전방의 늑대뿐 아니라, 등 뒤에서 현실을 무시하고 소꿉놀이를 하는 아군하고도 싸웠으니까.

투구를 고치고, 깊게 한탄한다.

"수는 적고, 연전에 이은 연전으로 피로하기도 했으리라. 승산이 희박할지도 모른다."

『⋯⋯⋯⋯⋯⋯.』

무겁디 무거운 침묵. 장병들의 표정에는 주군을 궁지에 몬 자들에 대한 분노가 보였다.

지난 7년, 전장에서 장가군은 언제나 이겨왔다.

그럼에도 전황은 악화일로를 걸었다.

"그러나. 우리는 포기할 수 없다. ⋯⋯그럴 수 없는 게다!"

격정과 함께 의부님이 흉갑을 두드렸다. 허리에 찬 례엄의 단도도 소리를 냈다.

"이제는 『백봉성』이 함락되고, 노 례엄과 고참병들도 수없이 스러졌다! 도읍 놈들은 도움이 안 되며, 우리들이 싸우지 않으면, 오늘 당장이라도 『경양』은 놈들 손에 떨어지리라. 그리 되면⋯⋯ 우리들의 고국은 얼마 가지 못해 멸망한다⋯⋯⋯⋯."

"의부님⋯⋯."

"아버님⋯⋯."

『⋯⋯⋯⋯큭.』

영 제국의 수호신, 【호국】이라 칭송받는 명장의 볼에 한줄기 눈물이 흘렀다.

목소리를 떨며, 꼭 움켜쥔 단도가 삐걱였다.

"언제나 『북벌』을 말하면서도, 이러한 지경에 이르다니⋯⋯ 그

저 모두 내 힘이 부족한 탓…… 참으로, 안타깝고도…… 한심하구나……. 참으로, 한심스러운 이야기지만, 이제는 그대들의 분전을 기대하는 수밖에 없다."

아니다. 잘못한 건 의부님이 아니다. 잘못한 것은…… 그 순간, 빛이 들었다.

밤이 밝은 것이다.

아침 해 속에서 장태람이 드높이 오른손의 청룡언월도를 치켜들고, 사자후를 했다.

"【영】의 황폐, 이번 일전에 달렸음이니! 미안하다만…… 모두의 힘을 내게 빌려다오!!"

『장 장군, 만세! 장가군, 만세! 영 제국, 만만세!!! 우리가 맹세코, 승리를 바치겠소이다!!!!!』

장병들도 제각각 무기와 주먹을 하늘 높이 치켜들고, 계속 외쳤다.

나는 품에서 주륵주륵 눈물을 흘리는 소녀의 등을 가볍게 두드리고, 고개를 끄덕였다.

——가야 한다. 우리들의 움직임에 따라 승패가 갈린다.

우군의 사기를 극한까지 높인 명장이 진심으로 즐겁게 웃었다.

"척영, 백령—— 어느 쪽이 먼저 아다이의 목을 취하는지 승부하자꾸나. 먼저 취해도 원망치 말거라. 적 본영에서 기다리마!"

"'"예!"'"

＊

"열세를 알고도, 군의 사기를 고양시켜 야전에 나서는가. 참으로 즐겁게 해주는구나."

나──현 제국 황제 아다이 다다는 경양 북쪽에 설치한 본영의 옥좌에 앉아 장가군의 기분 좋은 포효를 듣고, 중얼거렸다. 가까이 세운『늑대』,『용』,『노도』가 그려진 거대한 군기가 흔들렸다.

후방의【흑랑】기센 또한, 날카로운 눈빛으로 적군을 보았다.

【그분】이 보낸 아침 안개의 정보와 뗏목 위에 설치한 투석기를 이용한 기습은, 난공불락의『백봉성』을 함락시켰다.

지금, 내 눈앞에 포진한 것은 기병을 주력으로 한 약 15만.

그에 비해, 장가군은 갖가지 정보에 따르면 약 3만 정도라고 판명됐다. 내 책략으로 서동군이 공세를 하여, 적은 병력의 군을 둘로 나누지 않을 수 없었으리라.

따라서──『귀신 례엄』과 싸워 상처를 입은 자들과,『백봉성』의 수비에 병사를 나누고서도 병력 차이는 실로 다섯 배.

대하 하류를 도하한 제2군은 장태람의 어엿한 솜씨로 격파되었다만, **예정대로**『임경』의 어리석은 자들을 위협하는 효과는 충분히 이룩했다.

영의 노재상 양문상이 위기를 호소한다 해도, 위제가 겁을 먹으면 움직일 수 없으리라.

──놈들에게 증원은 없다. 농성전은 곧 패배를 의미한다.

가능하면 장태람과 야전으로 부딪히고 싶지는 않았다마는……
명장에 대한 최후의 선물이라 생각해도 될 것이야.

내가 한쪽 팔꿈치를 괴며 웃자, 등에 『금랑기』를 세운 젊은 기
병이 뛰어 들어왔다.

"선봉에서 급히 전령!"

"이놈! 황제 폐하의 어전이로다!! 하마를──."

"전장에 예의는 됐다. 직답을 허하노라."

노원수가 탓하는 것을 막고, 말을 재촉했다.

──장수들에게 보이기 위한 촌극이다. 우리 할아범은 아직도
과보호라 난처하군.

한순간 눈으로 노인에게 감사를 전하고, 젊은 기병을 왼손으로
재촉했다.

"『서남의 언덕에 진을 친 적병은 약 3천! 장태람이 어느 부대를
이끄는지는 아직 불명!!』──실례."

볼을 홍조시킨 전령은 말을 전하고, 임무에 돌아갔다.

나는 비단결처럼 매끄러운 볼에 손을 대고, 사고를 진행했다.
긴 백발이 시야를 스쳤다.

"장태람의 모습이 없다, 라. 본영에 틀어박혔다 생각하기도 어
렵다마는……."

명장은 포기를 모른다.

황영봉도 포기를 모르고, 몇 번이고 절체절명의 위기를【천검】

으로 헤쳐나갔다.

결전에서, 장태람씩이나 되는 사내가 후방에 앉아 있는 일은 있을 수 없으리라.

……놈의 위치를 파악할 때까지는 공세를 기다려야 할까?

돌연, 노원수가 포권하며 외쳤다.

"폐하! 황송하오나 말씀 올립니다. 우리들은 적을 압도하는 대군! 무엇을 고민할 일이 있겠사옵니까! 지금은 그저 명해주소서——『드넓은 초원처럼 포진하여, 모든 것을 먹어 치우라』. 그것이야말로 우리들의 오랜 전쟁이오니!"

망설임을 눈치챈 것인가? 너무 신중해지는 것은 나에게 병 같은 것이군.

의식적으로 표정을 풀었다.

"훗…… 나이를 헛먹은 게 아니로구나."

"선선대 황제 폐하와 함께 전장을 달린 몸이오니."

단검을 뽑아서, 명했다.

"뿔피리를 울려라! 선봉의『금랑』과『은랑』에게 돌격을 명하라. 본영에 남는 것은 할아범과 기센과『흑창기』, 전령과 전장 관찰의 병사가 있으면 된다. 가라!"

『예!!!!!』

""………….""

장수들이 의기양양하게 본영을 뛰쳐나갔다. 때로는 늑대의 사슬을 풀어주는 것도 좋구나.

해방되지 못한 흑발의 위장부와 노원수는 날카로운 안광을 품고 있었다.

나는 사고를 짐작하고, 단검을 넣었다.

"기센, 장씨 가문의 아들이 신경 쓰이는 모양이구나?"

"⋯⋯그런 것은 아니오니."

"됐다. 전황에 따라 그대와『흑창기』의 손을 빌리는 일도──."

"저, 전령! 힉."

방금 전과 다른 깃발을 등에 꼽은, 어리다고도 할 수 있는 기병이 뛰어 들어왔다.

즉시 경호하는『흑창기』가 창을 겨누었다. 기센이 선발한 자들인지라, 경계를 강하게 하는구나.

"⋯⋯말하라."

기센이 짧게 어린 기병을 재촉했다.

"앗, 예!"

진정한 전령이 빠르게 말하고, 본영에서 도망치듯 물러났다.

"⋯⋯⋯⋯."

보기 드물게 나는 어안이 벙벙해져서, 입가를 눌렀다.

이것은 참으로⋯⋯ 그자는 북방에 있어 늦을 줄 알았다마는.

"──⋯⋯큭큭큭."

"?"

"폐하, 어쩐 일이시온지?"

기센이 한쪽 눈썹을 찌푸리고, 노원수가 물었다.

각 부대가 울리는 뿔피리의 음색을 가려들으면서, 왼손을 휘둘렀다.

이 몸은 검도 제대로 휘두르지 못하고, 말도 제대로 못 타는 여자 같은 몸이다만, 귀만큼은 남들보다도 뛰어나다.

"아아, 미안하구나. 아무래도 우리들은 이 전쟁, 이미 이겼노라── 음."

공중을 비상하는 다수의 공허한 소리.

직후── 선봉의 전위가 날아가는 것과 동시에, 불꽃이 춤을 추고 뇌명 같은 굉음이 전장 전체를 뒤흔들었다.

돌출된 언덕에 포진하고 있는 적군이 투석기를 쏘았는가?

"호오."

"음."

"……화약."

내가 눈을 가늘게 뜨고, 노원수도 경계하고, 기센이 사용된 병기를 짐작했다.

다른 영 나라 군이 저러한 병기를 운용한 전례는 없다.

우리들과 마찬가지로 주시하고 있는 자가 있는 것인가?

"【서동】이 극비리에 개발을 진행하고 있던, 도기에 화약을 담아 던진다는 기괴한 병기 중 하나…… 분명히『진천뢰(震天雷)』라고 했던고? 그것을 투석기로 쏘아내다니 잔망스럽구나."

화약을 이용한 병기의 개발은 서동의 기술자들이『연경』에서 시도하고 있다. 화창에 이어서 이번에도 앞서가다니.

나는 노원수에게 명했다.

"전령을 보내 선봉을 진정시키거라. 언덕의 적은 이미 지시한 대로 무시해도 좋다. 놈들은『미끼』로구나. 어차피 연사도 못 할

게다. 그보다도 장태람을 찾거라. 놈은 전군에 혼란을 일으켜, 내 본영을 찌르고자──……전군 돌격의 뿔피리라고?"

들려서는 안 되는 소리를, 명민한 귀가 확실하게 포착했다.

방금 전과 다르게 적과 아군을 아울러 십수 만의 병사가 움직이는 탓에, 흙먼지가 시야를 가리고 있다.

할아범이 날카롭게, 높은 사다리 위에서 관찰을 맡고 있는 병사에게 물었다.

"무슨 일이냐!"

"『은창기』, 돌출된 언덕의 적 부대에게 돌격을 개시!!"

"『금창기』도 동조하옵니다!"

"뭐라고?!"

……충성스럽기 짝이 없는 그 즈소 형제가, 내 명령을 어겼다?

다시 말해서, 그만한 위협을 느끼는 존재가 있음이라.

기센이 날카로운 목소리를 발했다.

"언덕 위의 적장은 누구인가!"

"거리가 멀고, 흙먼지에 가려, 확실히 보이지 않사옵니다…….

선두에 백마를 모는 **은발**의 장수를 확인했습니다! 그 옆에는 흑마의 장수!!"

"……알았다."

『……으.』

정찰병의 대답에 기센과 몇 명의 『흑창기』가 동요를 보였다.

……그렇군.

나는 턱에 손을 댔다.

"재앙을 부른다는 은발창안의 계집…… 즈소 형제는 구엔과 세우르를 쳤다는 장태람의 딸과 아들을 전선의 장수로서 무거운 위협으로 보았는가. 할아범."

"전선에서 지휘를 맡겠사옵니다. 실례!"

역전의 노원수가 위기를 감지하고, 친위와 함께 말을 몰아 달렸다.

……늦지 않아야 할 텐데.

그동안에도 시시각각 전황은 변화한다.

투석기보다 작은 폭발음이 연속으로 들리고, 그에 뒤섞여 여러 번 『장태람!』이라는 아군의 외침이 **각기 다른 방향에서 다수** 뒤섞였다.

"적진에서 의문의 굉음! 선봉의 전위가 무너지고 있습니다!!"

"언덕의 적군도 『금창기』, 『은창기』에 역습을 감행하옵니다!!"

"적 전군, 돌격을—— 설마…… 서, 선봉의 측면을 찌릅니다!!!!!"

"…………."

나는 입을 다문 채, 팔을 괴고 때를 기다렸다.

이윽고—— 7년 전과 변함없는, 사람이라 생각하기 어려운 외침이 전장 전체에 울려 퍼졌다.

『적장 『금랑』과 『은랑』—— 장태람이 물리쳤노라!!!!』

『큭?!!!!』

기센을 제외한 역전의 병사들이 소리 없는 소리를 냈다.

적의 환성과 아군의 비명이 뒤섞인다.

사기에 그늘이 지는 것을 느끼지만, 나는 지금까지의 정보를 추론하고 있었다.

"딸과 아들에게 화려한 화약 병기를 쓰도록 하고,『미끼』로 삼아, 형제를 끌어내어── 결정적인 국면에 스스로 치는 것으로 사기를 극대화했구나. 게다가『십영(十影)의 책략』── 다수의 가짜를 전장에 투입하여, 우리 군의 혼란을 유인한다. 장태람, 발버둥치는구나. 역시 그래야겠지."

명장은 포기를 모르고, 온갖 수단을 행사한다.

적군의 무시무시한 전의를 보아, 고전을 면치 못하리라.

돌연, 여우 가면을 쓴 젊은 여자가 붉은 말을 몰아 달려 본영에 나타났다.

기센이 등에 진 대검에 손을 대고, 병사들이 창을 겨누려 하는 것을 막았다.

"연의 심부름꾼이더냐?"

"이것을. 사흘 전 임경에서 일어난 일입니다."

여자는 이름도 밝히지 않고 서간을 나에게 건네더니, 말머리를 돌려 전장으로 사라졌다.

주인과 닮아 붙임성 따위 없는 심부름꾼이지만, 임경에서 여기까지 말로 빨리 달려도 약 닷새. 그것을 불과 사흘만에 왔으니 대단한 기량이다.

서간에 눈길을 주었다.

──……그렇군.

서간을 든 채, 나는 등받이에 몸을 맡겼다.

"……가여운지고. 서씨 가문의 장자도 양문상도……."

누구보다도, 장태람이.

사다리 위의 파수병들이 차례차례 좋지 않은 전황을 알린다.

"중진, 선봉의 병사들이 패주한 것에 말려들어 혼란합니다!"

"투석기가 있는 언덕에서, 산발적인 공격. 『화창』으로 보입니다."

"적군의 기세, 멈추지 않습니다!"

"장태람의 모습, 확인할 수 없습니다! 은발의 여장이 이끄는 부대가 본영으로 달려오고 있습니다!"

대군의 폐해로군. 한 번 전군에 혼란이 전파되면 진정시키는데 시간이 걸린다.

장태람은 이 기회에 모든 것을 걸었구나.

자신의 목숨과 자신이 사랑하는 자들, 장가군── 그리고, 【영】의 명운마저도.

나는 자신의 목에 손가락을 대고, 왼쪽 볼에 깊은 상처 자국을 가진 검은 머리의 위장부에게 명했다.

"기센, 장태람은 머지 않아 올 것이다. 요격하여── 목을 가져오너라. 보는 것처럼, 말도 검술도 신통치 못하구나. 천하도 통일하지 못하고, 이러한 『이긴 전쟁』에서 가녀린 목을 줄 수는 없으리라.”

“──받들겠습니다.”

*

부대의 선두에서 애마를 몰아, 이제 몇 기째가 되는지도 기억 못하는 적병에게 화살을 쏘면서 대열을 돌파하자── 시야가 트였다.

적과 아군을 아울러 십수 만이 사투를 펼치는 전장은 혼돈의 극치였지만, 적어도 근처에 적군은 없었다.

나는 전황을 감지하고, 옆을 달리는 은발 소녀에게 외쳤다.

“백령, 오른쪽 언덕!”

“네!”

단숨에 부대를 작은 언덕으로 유도하여, 「휴식이다!」 명하고 전장을 둘러보았다.

피로가 쌓이고 수가 크게 줄어든 병사들이 수통을 꺼내, 상처에 천을 감기 시작했다.

내 곁에서 떨어진 백령도, 고참병들에게 지시를 내리며 위무하고 있다. 장수의 그릇이야.

명령이 보낸 기묘한 병기── 도기에 화약을 담아 파열시키는 『진천뢰』는, 적 선봉의 『금랑』과 『은랑』에게는 상상 이상의 위협이었던지.

『우선 투석기를 눈에 띄도록 만들고, 당신이랑 백령도 『미끼』가

된다. 그것에 달려드는 적 선봉의 두 장수를 장 장군이 치고, 혼란을 일으킨다.』

라는, 유리의 도박은 완전히 성취되었다.

장군인『금랑』과『은랑』을 잃고, 의부님이 직접 이끄는 장가군 최정예부대의 강습을 받은 결과, 적 선봉은 패주하고 적의 후진도 혼란에 빠졌다.

──그 결과.

『장태람!』

『아니다, 그건 가짜야!』

『놈은 대체 어디에 있나?!』

유리의 두 번째 책략──『군을 열로 나누어, 각각에 장태람의 가짜를 배치한다』도 여전히, 마술같은 효과를 발휘하고 있다.

『적군에 대혼란을 일으켜서, 그 틈을 찔러 전군으로 적 본영을 찌른다. 알기 쉽지? ……미안해. 내 머리로는, 이것 이상의 책략을 떠올릴 수가 없어.』

출진하기 전에, 금발취안의 군사 나리는 백령에게 안겨 눈물을 지으며 풀이 죽어 있었다.

그러나, 기묘한 화약 병기와 투석기를 조합하고, 머리카락 색으로 적에게 판별되기 쉬운 백령을『미끼』로 사용하며, 가짜를 배치하여 유언을 퍼뜨린다.

하나하나는 생각할 수 있어도, 모든 것을 아울러 생각하기는 어렵다.

──그 녀석을 군사로 삼지 않았다면, 진작에 앞길이 막혔을

거야.

품에서 대나무 수통을 꺼내 한 모금 마셨다. 몸에 스며들고, 피로도 어느 정도 나아졌다.

"그러, 면…… 어떻게 해야 할까."

전황은 그야말로 가경에 접어들고 있었다.

여기저기서 펄럭이는 『장』의 깃발에는 아직도 견고한 전의가 느껴지고, 반대로 적군은 결사의 돌격을 받아 진형이 크게 흐트러졌다.

동시에, 정예 장가군이라 해도 싸우면 다치고, 피로도 축적된다. 거대한 군기가 펄럭이는 적 본영까지 아직 거리가 있다.

적과 아군의 소리를 들어보면, 의부님도 도달하지 못했다.

……이대로 가면.

병사들에게 지시를 내린 백령이 말을 몰아 다가와, 내 전통에 화살을 넣었다.

"척영, 화살의 재분배는 이걸로 끝입니다. 수통, 빌려주세요."

"그래."

손에 들고 있던 수통을 던져서 건넸다.

주저 없이 물을 마시는 소녀의 지저분해진 볼을 천으로 닦으며, 불평을 흘렸다.

"화창을 기병이 쓰면 좋겠는데. 진천뢰라도 좋고."

"어지간히 훈련을 안 하면 아군의 말도 도망쳐요. 쓸 거라면 하마를 해야죠."

"그렇지……."

어떻게든 호각의 싸움을 펼치고는 있지만, 우리는 소수다.

적진 깊숙한 곳으로 파고들어가는 이상,『말』이라는 기동력을 잃게 되면…… 허리에 찬【흑성】에 눈길을 내렸다.

최악의 경우, 내가 단독으로『미끼』가──.

"도련님! 저희에게 맡겨 주십시오!"

커다랗고 갈라진 목소리가 갑자기 들려 사고가 억지로 돌아왔다. 백령이「……척여엉?」하고 나를 노려보는 것이 보이지만, 신경 쓰면 지는 거야.

나는 모여든 수십 명의 노병에게 당황했다. 모두 도보다.

"너희들, 말은? 그리고 그건……."

"군사 나리께 부탁을 했습니다."

선두의 노병이 피와 땀으로 지저분해진 얼굴을 찡그리며 웃었다. 부상을 당했는지, 왼쪽 눈을 천으로 덮고 있었다.

손에는 **대나무 화창**을 쥐고, 노병들이 입을 모아 호소했다.

"저희의 말은 이미 달리지 못합니다."

"여기서 적을 끌어들이지요."

"【백귀】의 본진은 지척. 서두르지 않으면, 장 장군에게 혼나지 않겠습니까?"

"례엄 님이라면 반드시 같은 판단을 내리셨을 것입니다."

코 안쪽이 찡해져서, 손에 든 활에 힘이 너무 들어가 삐걱였다.

"안돼. 그런 건 인정할 수──."

"도련님."

한쪽 눈의 노병이 명랑하게 웃었다. 다른 노병들의 눈동자에도 강한 의지.

　그렇군⋯⋯ 그러냐.

　나는 잠시, 눈을 감고 입을 닫았다.

　"⋯⋯알았다. 그러나."

　"죽는 건 용납하지 않아요."

　수통을 말에 묶은 가죽 가방에 넣고, 백령이 대화에 끼어들었다. 손을 뻗어, 내 볼을 천으로 닦았다.

　"당신들이 죽으면, 척영이 평생 자기를 책망합니다. 이래 보여도 울보라⋯⋯. 반드시 살아남으세요."

　"뭐! 너, 너 말야⋯⋯."

　"사실이니까요."

　"큭."

　노병들과 나누는 대화를 듣고 있던 병사들이 웃음을 흘리고, 차례차례 부대 전체에 전파되었다.

　한 차례 웃은 다음, 한쪽 눈의 노병이 위엄 있는 경례를 했다.

　"알겠사옵니다. 두 분의 혼례를 볼 때까지는 죽을 수 없지요. 도련님, 백령 님── 무운을 빕니다!"

　『무운을 빕니다!』

　"⋯⋯무운을 빈다."

　짧게 답하고 말을 몰아 나아가, 전황을 살폈다.

　방금 전보다 『장』의 깃발에서 기세가 줄어들었다. 이제 시간이 없어.

　나는 이를 악물고, 분노를 뱉어냈다. 저 녀석들은 죽을 셈이다.

"⋯⋯바보 자식들⋯⋯."

"척영, 괜찮아요. 나도."

백령이 내 볼을 만졌다.

파란 두 눈에 희미하게 눈물── 함께 짊어진다는 건가.

마음의 평정을 되찾고, 감사를 표했다.

우선 백령과 눈을 마주치고, 이어서 어깨너머로 병사들을 보았다.

"다들 간다! 【백귀】를 친다!!!!!"

『예!!!!!』

막아서는 기병에게 화살을 쏘면서, 옆을 스치며 【흑성】으로 금속제 몸통을 쓸었다.

후방에서 들리는 화창 소리는 이미 없다.

⋯⋯그러나.

"척영! 저기입니다!"

백령의 주의 환기를 듣고, 전방을 확인.

장태람과 검은 머리 검은 옷의 적장──【흑인】기센이 단기로 승부하고 있다.

청룡언월도와 대검이, 사람이라 생각하기 어려운 속도로 부딪히며 불똥을 튀기고, 그때마다 무시무시한 소리가 전장 전체에 메아리쳤다. 검은 옷의 적 기병과 우군의 기병이 개입할 틈을 살피고 있지만, 너무나도 어마어마한 싸움이라 손을 대지 못하고 있군.

거리를 벌리고, 의부님이 청룡언월도를 적장에게 겨누었다.

"제법이군! 기센이라 했는가?『현 나라 최강의 용사』란 별명, 거짓이 아닌 모양이군!"

"장태람, 이 앞으로는 못 간다."

"밀고 가겠다!"

또다시 양자가 접근하여, 칼날을 섞었다.

지금 이 자리에서 벌어지는 대결이야말로, 【영】과 【현】의 최강이 대결하는 것이리라.

나는 힐끔, 옆에 있는 소녀에게 눈짓을 하고──.

"의부님!"

"아버님!"

화살로 견제하고, 외치면서 그 자리에 돌진했다.

"…………."

무시무시한 현의 괴물은 무표정하게 몸을 움직여 피하고는, 대검을 어깨에 올렸다.

후방의 장태람이 노기를 뿜었다.

"척영, 백령! 승부를 방해하지──."

"의부님, 쳐야 할 상대는 그놈이 아닙니다!"

"아버님, 앞으로!!"

말을 중간에 끊었다.

설령, 기센을 치더라도…… 아다이를 치지 못하면 우리들이 지는 것이다.

숨을 삼키는 기색.

"큭! ……알았다. 맡기마! 다들, 이것이 마지막이다! 가자!!"

『오오오오!!!!!』

의부님은 정예 기병을 수습하여 돌파를 재개했다.

적의 본영을 지키는 검은 옷의 적 기병들과 격돌하여, 노호, 비명이 주변을 휘감았다.

"…………."

"못 간다!"

"당신 상대는 우리들입니다!"

거마를 몰아 의부님을 막으려는 기센에게, 나와 백령이 화살을 속사. 격전을 살아남은 병사들도 가차 없이 화살 비를 쏟았다.

"방해하지 마라, 장척영!"

그것을 차례차례 대검으로 베어내고, 왼쪽 볼의 상처 자국을 일그러뜨린 적장이 일직선으로 달려왔다.

검의 자루에 손을 댄 소녀 앞으로 말을 몰아, 충격에 버티면서 【흑성】으로 간신히 대검을 막아낸다.

"백령, 앞으로 나서지 마! 완력이 너무나 다르다. 검은 버틸 수 있어도 팔이 못 버틴다! 활로 지원해줘!"

"으…… 네!"

입술을 깨물고, 소꿉친구 소녀가 약간 후방으로 물러났다.

부관으로 보이는 적의 노기병이 지휘봉을 휘둘러, 우리들의 부대와 교전을 시작했다.

기센에 대한 견제가 줄어드는 가운데, 호통을 쳤다.

"서동에서는 서비응을 귀여워해 줬다고! 답례를 해주지!"

말을 달려, 스치면서 참격을 교환했다.

일격마다 손이 저리는군. 이 녀석…… 정말로 인간인가?!

백령의 화살을 대검으로 거침없이 막아내고, 기센이 눈을 가늘게 떴다.

"……그것은 이쪽이야말로. 내 주인『회랑』세우르 바토의 원수, 갚아주마."

"지껄이기는!"

또다시 거리가 급속하게 가까워지고── 직후에, 도저히 사람이 내는 것 같지 않은 노호가, 이 죽음의 전장을 지배했다.

"내가 왔다! 아다이 다다!!!!!"

청룡언월도를 손에 든 의부님이…… 장태람이, 드디어 최종방어선을 돌파하여, 적 본영에 단기로 돌입했다.

말을 돌리려는 기센에게 백령의 화살이 날아갔다.

"못 갑니다!"

"야야야, 날 잊지 마라!"

처음으로 조바심을 드러내는 기센에게 검을 휘둘러, 후퇴를 강요했다.

이 국면에서도 옥좌에 앉은 인물이 보였다. 소녀인가 싶을 정도로 가녀리다.

"각오하거라!!!!!!!!!!!!!!!!!!!!!!!!!!!!!"

아다이의 가는 목을 치고자, 의부님의 청룡언월도가 다가가──.

"우웃?!"

갑자기 폭풍이 휘몰아쳐, 근처의 거대한 군기가 쓰러졌다.

옆으로 휩쓸려 찢어졌지만, 옥좌의 아다이에게는 칼날이 닿지 않았나!

의부님이 청룡언월도를 회전.

말을 다시 몰아, 제2격을 뿜어내──.

"큭?!!!!"

소란스러운 금속음.

의부님이 혼신의 힘을 담아 뿜어낸 일격이, 백마를 타고 본영에 뛰어든, 긴 보라색 머리칼과 하얀 군장을 입은 여장(女將)의 장창에 막혀 있었다. 차례차례 새로운 적병이 아다이를 둘러쌌다.

여기까지 왔는데 증원이라고?!

의문의 적 여장이 왼손을 움직인다.

"크악⋯⋯."

『장 장군!!!!!』

피보라가 튀기고, 의부님의 몸이 비틀, 흔들렸다.

상처투성이의 병사들이 결사적인 모습으로 돌입하여, 그대로 말을 달려 본영에서 이탈했다.

──미소 짓는 여장은 왼손에 날카롭게 빛나는 작은 금속통을 쥐고 있었다.

나는 눈을 부릅떴다.

"! 화창이라고? 아니, 저건——."

"척영!!!!!"

목덜미에 오한이 흐르고, 거의 동시에 백령도 외쳤다.

아군의 화살에 끄떡도 않고, 기센이 대검을 양손으로 잡아 폭풍과 함께 나에게 휘두른다.

"꺅."

"백령!"

【백성】으로 튕겨 내려던 은발 소녀가 날아가, 낙마했다.

——몸이 멋대로 움직였다.

나는 단검을 기센에게 던지며 말에서 뛰어내려, 백령을 등 뒤에 돌리고 검을 겨누었다.

"바보야! 뭐 하는 거야!!"

"……봐요. 지켜냈어요."

"도련님과 백령 님을 지켜라!!!!!"

적 기병과 전투를 멈추고, 상처투성이 병사들이 우리들 주위를 지켰다.

"…………."

그것을 본 기센은 눈을 가늘게 뜨고, 무수한 기병이 집결하고 있는 본영으로 후퇴했다.

……천재일우의 기회를 놓쳤나.

백령의 어깨를 빌려 일어서는데, 원진 안에 기병이 들어왔다.

"의부님!"

"아버님!"

통증을 무시하고 달려가 『……큭』 숨을 삼켰다.

말에서 내린 의부님의 갑옷이 피로 물들어 있었다. 특히 오른쪽 어깨의 상처가 심하다.

"……조심하거라. 아마도 저 여장…… 새로운 『늑대』다. 둘이 나란히, 그런 표정을 짓지 말거라. 이 정도는, 긁힌 상처야. 척영, 백령, 다시 한번…… 다시 한번이다!"

"그 상처로는 무모합니다!"

"새로운 천! 어서!!"

청룡언월도를 땅에 박고서, 수염을 피로 더럽히면서 장태람이 일어섰다.

그 눈동자에는 도저히 두고 볼 수 없는 비통함이 있었다.

"조금만 더…… 조금이면 놈을──…… 아다이를 칠 수 있다! 여기서 놈을 치지 못하면, 경양은! 영은!! ……자, 가자꾸나!"

"의부님!"

"아버님!"

나와 백령은 몸을 지탱하며 격하게 갈등했다.

아군의 사기는 높다. 한 번 더라면 돌격도 감행할 수 있을 거야.

그러나…… 그러면 의부님의 목숨이.

적 본영에서, 마치 노래하듯 애절함 섞인 개탄이 들렸다.

"아아, 아아! 장태람, 장태람이여! 자랑스러워 하라. 너는 분명히 영 제일의 명장이다!! 난양에서 쓰러진 【봉익】과 【호아】가 있

었다면, 너에게 1만의 병사만 더 있었다면, 군기가 쓰러지지 않았다면, 【백랑】이 늦었다면, 내 가녀린 목을 이 땅에서 치고, 승리를 얻을 수 있었을지도 모른다. 그러나…… 하늘은 나를 택하였구나.”

설마, 【백귀】본인?

백령이 내 왼손을 강하게 쥐었다.

“동시에── 예상대로 한 수, 마지막 한 수가 닿지 못했구나. 역시 너는 【황영】에 미치지 못한다.”

““큭!””

어조가 단정으로 바뀌었다. 너무나도 차가움에 소름이 돋았다.

난양에서 대치한 적의 군사는 【왕영】의 군략에 빼어났지만…… 나는 열 겹 스무 겹으로 수호되는, 적 본영을 바라보았다.

현 제국 황제 【백귀】아다이 다다가 장태람에게 작별을 고했다.

“작별, 작별이구나! 나의 호적수. 영의 명장으로서 화려하게 이곳에서──…….”

그 찰나, 적의 대열 틈으로, 긴 백발에 가녀린 귀신과 시선이 교차한 것 같았다.

곧장 적 기병에 가려 보이지 않게 되었다.

──양군, 대치한 채로 기묘한 침묵.

이윽고, 적진 안에서 뿔피리 소리가 들렸다.

적 기병의 대열이, 정연하게 움직이기 시작하여 북방으로 물러났다.

"철수, 한다고? 놈들, 어째서……."

"척영…… 우리들도 지금은."

아연해진 나를 백령이 재촉했다.

그것에 대답하기 전에, 의부님이 우리를 밀어냈다. 오른쪽 어깨에 감은 천이 선혈로 물들어 있었다.

"다들 무엇을 하느냐! 【백귀】를 칠 호기, 지금 말고는 없으리라!! 지금이다…… 지금밖에 없는 것이다!! 【영】을, 우리의 고국을 구하기 위해, 모두의 목숨을 나에게──으, 아……."

"아버님!"

"의부님!"

『**장 장군!!!!!**』

쓰러지는 장태람을, 우리와 병사들이 비명을 지르며 지탱했다.

눈을 굳게 감고, 거칠게 숨을 쉬며 땅에 쓰러지는 모습을 본 우리들은 즉시 결단하여 병사들에게 명했다.

"우리도 철수한다!"

"전쟁은 아직 이어집니다. 부상병을 버리지 마세요!"

『예! 장척영 님! 장백령 님!』

제4장

"응~ 조금 더 식량을 싣는 게 좋을까? 척영 님 일행은【서동】
군을 상대로 농성중인 것 같으니, 백령 씨랑 유리에게 양에 대한
불평을 듣는 것도…… 결정~! 춘연, 이 서류를 가져가 줄래?"

영 제국 수도『임경』. 왕씨 가문 저택의 어느 방.

호화로운 의자에 앉아『경양』으로 가는 배의 짐에 대해 생각에
잠겨 있던 왕명령 아가씨가, 서류를 이국 출신이라는 짧은 검은
머리 소녀에게 건넸습니다.

어른스런 표정의 춘연 씨가 일어서서 양손으로 서류를 받았습
니다. 저── 아가씨의 종자인 시즈카가 고르고 고른 옅은 녹색
기조의 옷도 이제 익숙해진 모양이군요.

"네, 명령 아가씨. 차도 준비를 할까요?"

"마실~래."

붓을 벼루에 올리고, 빨리도 새로운 서류에 눈길을 주고 있는
명령 아가씨가 힘차게 손을 드셨습니다. 두 갈래로 묶은 밤색 머
리칼이 통통 튕기고, 가슴의 두 언덕도 강조됩니다. ……큭.

""………….""

나와 춘연 씨는 몰래 입술을 깨물었습니다. 키는 크지도 않으
신데, 어째서 일부분만 자란 거죠?

유리 씨 말로는『……무슨 나쁜 술법인가』라고 하셨습니다만.

샘이 나는군요.

　우리들의 질투를 깨닫지 못하고, 명령 아가씨는 대기하고 있는 짧은 검은 머리 소년에게 편안하게 말을 거셨습니다.

　"공연, 배 고파~! 만쥬 사다 줘! 요전에 안내한 남자애 가게~. 비가 내리기 전에!! 심부름 값 줄 테니까☆"

　춘연 씨의 쌍둥이 동생이 몸을 움찔. 허리의 단검도 떨렸습니다.

　옅은 파란색의 긴 소매를 걷으면서 자신의 앳된 얼굴을 가리키고, 조심조심 질문을 했습니다.

　"어, 어어…… 저 혼자서, 말인가요?"

　척영 님과 백령 아가씨가 맡긴 13세를 자칭하는 남매에게, 이미 임경의 주요 장소를 안내하긴 했습니다. 다만…….

　명령 아가씨가 웃으면서 고개를 끄덕이셨습니다.

　"물론이지♪ 괜찮아! 도읍의 치안은 경양 정도는 아니지만 나쁘지 않아."

　"아니, 저기……."

　공연 씨가 난처한 표정으로 말을 머뭇거리고, 눈으로 누나와 저에게 도움을 청하는군요.

　아무리 안내를 받아도, 임경은 현 제국 수도 『연경』에 필적하는 대도시입니다. 혼자서 심부름을 하려니 불안한 거겠죠.

　"명령 아가씨."

　"아~! 혹, 시, 나, 아? 춘연 누나랑 같이 안 가면 싫어? 후후후…… 귀여워라~♪"

　제가 도와주기 전에, 아가씨가 눈치를 채셨군요.

양쪽 팔꿈치를 괴고서 신이 난 미소. 다리를 훌훌 흔들고 있습니다.

자그마한 소년의 볼이 빨갛게 물들고.

"~~~윽! 다, 다녀올게요!"

달아나는 토끼처럼 방을 나서 버렸습니다. 충격으로 화로 안의 목탄이 갈라지고, 누나가 이마에 손을 대면서 천장을 우러러보았습니다.

"아~! 공연, 지갑!!"

"춘연 씨, 여기요."

명령 아가씨가 당황하는 사이, 저는 책상 서랍에서 지갑을 꺼내 이국의 소녀에게 던져서 건넸습니다.

양손으로 받고서, 정중한 인사를 해줍니다.

"동생이 죄송합니다! 저기…… 걱정되니까, 저도 따라갈까 하는데요."

저와 명령 아가씨는 눈길을 마주치며, 흐뭇함을 나누고 말았습니다.

이 애는, 척영 님과 백령 아가씨가 말씀하신 것처럼 참 상냥해요.

"허가~ ♪"

"만약을 위해서, 우산도 잊지 마세요."

"감사합니다!"

우리의 대답을 듣고, 춘연 씨가 방에서 달려나갔습니다.

복도에서 「공연, 지갑~!」 하고, 사양하지 않는 나이에 걸맞은 목소리. 사이가 좋은 건 좋은 일입니다.

주전자에서 잔으로 차를 따르고, 저는 명령 아가씨에게 내밀었습니다.

"공연 씨를 조금 너무 놀리셨어요."

"그런가?"

이 젊은 기린아 님은, 볼에 손가락을 대고 고개를 갸웃거리셨습니다.

아주아주 귀여운 것은 틀림없습니다만…… 눈동자는 장난꾸러기군요.

어쩐지 심술을 부리고 싶어져서, 명령 아가씨의 부드러운 볼을 손가락으로 찔러봤습니다.

"자, 잠깐~ 시즈카, 그만해애. ……그치만, 둘 다 아직 너무 딱딱하잖아~. 시즈카도 얼른 익숙해졌으면 하지 않아?"

품에서 빗을 꺼내, 약간 흐트러진 밤색 머리칼을 빗어드립니다.

"저한테는 익숙해졌으니까요. 밤의 경호를 할 때, 셋이서 자주 이야기도 합니다."

"뭐?! 서, 설마…… 배, 배신했어! 나를? 시, 시즈카?!!!"

양손과 양발을 버둥버둥 흔들면서, 명령 아가씨가 눈을 동그랗게 뜨셨습니다.

머리가 흔들려서 빗기 어려우니 주의를 줍니다.

"움직이지 마세요! 두 사람은 임경에 돌아온 뒤부터, 이른 아침부터 심야까지 계속 일을 하시는 아가씨의 모습을 보고 『전장의 척영 님과 같은 경외를 느꼈다』라고 해요."

"으그그…… 저, 정말 그러니까, 부정할 수가 없어~! 하지만, 일은 그만둘 수 없어~!! 그리고, 척영 님이랑 같은 평가라는 게 조금 기뻐어어어어~!!!"

제가 하는 대로 두시면서, 명령 아가씨가 신음하셨습니다.

문득── 실내가 어두워집니다. 해가 완전히 가려진 모양이군요.

조금 이르지만 벽의 촛불에 불을 붙이는데.

"저기, 시즈카……. 경양의 전황에 대해, 뭔가 새로운 정보 들어왔어?"

불안해 보이는 목소리가 귓가를 울렸습니다.

저는 곁으로 돌아가, 한쪽 무릎을 짚어 아가씨의 양손을 쥐었습니다. ……차갑군요.

"유감스럽게도.『현 나라 군의 일부가 대하를 도하한 탓에, 장 가군 일부가 요격을 위해 경양을 떠났다』는 소식 이후로는 아무것도 없습니다."

"…………그래."

고개를 숙이며, 어깨를 떠셨습니다.

눈동자에는 분개와 의문이 보였습니다. 그리고── 초조함과 강한 불안.

"나는 군략 같은 건 모르고, 유리한테 병기로 한 번도 못 이겼 지만…… 최전선에서 싸우고 있는 총대장님한테『네가 다른 적군을 해치우고 와라!』라는 명령을, 도읍에서 매일 회의만 하고 있는 사람들이 내리는 건 이상하다고 생각해. 분명히, 도읍의 군도 움직일 거라고 생각했는데 움직이지도 않고…… 경양에 아군을 보내지 않아도 되는 걸까?"

"명령 아가씨."

나는 양손을 쥐고서, 눈을 맞추었습니다.

이럴 때야말로, 주군을 격려하지 못해서야 종자라 할 수 없어요.

"괜찮습니다! 백령 아가씨도 유리 아가씨도 빼어난 재능을 가졌고, 서동군이 다수라고 하나, 방비도 만전입니다. 충분히 버틸 수 있어요."

"…………시즈카."

아가씨의 두 눈에서 당장이라도 커다란 눈물이 흘러 떨어질 것 같습니다.

저는 하얀 천으로 눈가를 닦고, 단언했습니다.

"무엇보다! 설령【장호국】님이 도읍의 명령으로 경양을 비웠다고 해도, 그 땅에는 척영 님이 계십니다. 저는 임경에 도착할 때까지 상당히 긴 여행을 해왔습니다만, 그 정도의 무재를 가진 분은 손에 꼽을 정도밖에 본 적이 없어요."

장씨 가문에서 자란 척영 님.

명령 아가씨가 사모하는 사람이자 수적에게서 목숨을 구해주신 대은인입니다.

현이 자랑하는 맹장『적랑』을 치고, 영에게 악몽과도 같은 대패배의 결과를 낸 서동 침공전에서도 부대를 생환시키고, 참담한 패전 속에서 용장『회랑』마저도 치셨습니다.

젊은 영의 영웅, 장척영 님이라면, 설령 상대가 누구라 해도!

"──……우훙."

갑자기, 명령 아가씨가 이상한 소리를 내셨습니다.

방금 전의 불안은 어디로 갔는지, 체구에 어울리지 않는 훌륭한 가슴을 쭉 펴십니다.

"당연하지! 왜냐면, 내 서방님인걸! 【천검】도 뽑았고!!"

척영 님이 가르쳐주신 검명은 【흑성】과 【백성】.

두 자루 아울러 【쌍성의 천검】으로 칭송받으며, 지난 천 년 동안 아무도 뽑지 못했다는 전설의 명검을 척영 님이 쓰고 계십니다.

──마치 고대의 영걸, 황영봉처럼.

저는 경양에서 보여주신 두 사람의 검무를 떠올렸습니다.

"백령 님도 뽑으셨지만요. 참 예쁜 검신이었죠."

"하우!"

명령 아가씨가 벼락을 맞은 것처럼, 풍만한 가슴을 눌렀습니다.

그리고, 풀썩. 제 무릎 위로 쓰러지며 원망의 말을 흘리십니다.

"……우우우…… 시즈카, 너무해……. 내 편 안 들어주는 거야?"

"시즈카는 언제든지 명령 아가씨 편입니다. ……그렇지만."

"……뭔데에?"

의문을 표하는 저의 젊은 주인님이 상반신을 일으키셨습니다.

지금은 없는 고국의 사례를 떠올리고, 저는 쓴웃음을 지었습니다.

"그 정도나 되는 분입니다. 저의 고국에서도, 이 나라나 주변 국가들에서도, 영걸에게는 부인이 여러 명 있지 않나요? 무엇보

다, 백령 아가씨가 물러설 것이란 생각은 도저히. ……덧붙여서
척영 님도 대단히 무르시고요."

"……심술쟁이이……."

명령 아가씨가 다시 저의 무릎 위에 쓰러지셨습니다.

총명한 저의 주인님이라면, 이 정도 추측은 이미 하셨을 겁니
다만…… 사모하는 분을 독점하고 싶은 복잡한 여심, 이라는 거
겠죠.

저는 키득, 토라진 아가씨의 작은 머리를 쓰다듬었습니다.

"뭐, 농담이랍니다."

"정말로 심술쟁이!"

""──푸흡.""

둘이서 웃음을 나누었습니다.

아아…… 참으로 행복해요!

고국과 멀리 떨어진 이 땅에서, 지금 저는 웃고 있습니다.

원수에게 함락된 성을, 오로지 홀로 빠져나온 어린 시절의 제
가 알면, 대체 어떤 생각을 할까요?

제가 향수에 젖어 있는데, 아가씨가 몸을 일으켰습니다.

"아버님도, 그 점은 조금 걱정을 하셨어. 『척영 공은 영걸일지도
모르지만…… 너무 마음을 주게 되면, 왕씨 가문을 나서게 될지도
모른다. 네가 출가를 하게 되면 집안이 끊어져 버리지 않니?』라
고. 어머님은 웃고 계셨지만. 딱히 나는 『장명령』이라도 좋은데 말
야~. 척영 님 옆에 있을 수 있다면!"

"마음은 이해가 됩니다."

저는 수긍하면서, 동시에 차가운 것을 느꼈습니다.

현재 상황에서『장씨 가문』과 더 이상 깊게 연관되는 것에 대한 염려.

서동 침공의 대실패로, 대하 북방을 지배하는【현】에 대한 장가군의 가치가 오르고 있습니다.

『장호국이 패하면, 【영】은 잡아 먹힌다.』

이러한 상황에서 사랑하는 딸을 일부러 에둘러 말린다.

왕인 님은, 노재상 양문상과【호국】장태람의 승산이 크지 않다고 생각하시는군요.

이유는──『쇠락한 나라 내부의 추악한 권력투쟁』.

과거에 경험한 고국의 비극을 떠올리고, 단도의 자루를 움켜쥐었습니다.

저를 지키고, 적의 암살자가 이용한 무시무시한 비술로 갑옷과 함께 양단되어 쓰러진 무사들의 환영이 스쳤습니다.

"……이국이라 해도, 궁지에 몰린 쪽에서 일어나는 일은 크게 다를 바가 없군요."

"? 시즈카, 뭐라고 했어~??"

명령 아가씨가 제 얼굴을 들여다보셨습니다.

불길한 생각을 떨쳐내고, 고개를 저었습니다.

"──아무것도 아닙니다. 아아, 비가 내리기 시작했군요."

둥근 창 밖의 땅이 커다란 빗방울로 젖고 있습니다.

춘연 씨와 공연 씨는 우산을 가져갔을까요?

명령 아가씨가「응~ 이렇게 비가 내리면, 내일 출항은 어려울

지도 몰라……」하고 떫은 표정이 되는 것을 바라보고 있는데, 저택 밖에서 소란이 들렸습니다.

『비켜! 비켜라비켜! 치어도 모른다!!!』

살기마저 느껴지는 대갈과 빗속을 말이 맹렬하게 달리는 소리.

……임경 안에 말이 들어오는 것은 원칙적으로 금지일 텐데요.

조금 쌀쌀해졌는지, 겉옷을 걸치신 아가씨가 팔짱을 끼었습니다.

"무슨 일 있었나?"

"나중에 조사를 하겠습니다."

"에헤헤. 시즈카, 너무 좋아~ ♪"

"저도 좋아한답니다."

품에 뛰어드는 주인님을 상냥하게 끌어안았습니다.

──도읍에 말이 들어올 정도의 일.

좋은 쪽으로 생각하면『장가군이 대하를 도하한 현 나라 군을 격파』, 『경양을 공격하는 서동군의 격파』일까요?

하지만, 나쁜 쪽은?

"빤하군요."

아가씨의 체온을 느끼면서, 저는 결론을 이끌어냈습니다.

──【현】나라 군 본대의 경양 침공.

놀고 있는 아이들을 집으로 돌려보내기 위해서겠지요. 큰 길에서 어른들이 외치고 있습니다.

"【백귀】랑『사랑』이 온다~!"

"얼른 도망쳐라."

"얼른 집에 돌아가!"

저는 잠깐 눈을 감고, 경애하는 명령 아가씨에게 미소를 지었습니다.

"조금 추워졌군요. 지금, 따스한 차를 타올게요. 달력으로는 봄이 되었지만, 겨울이 완전히 지나간 것은 아니니까요."

*

"각하, 주위를 확인했습니다. 문제없사옵니다."

"그래."

노복의 보고를 받은 나── 영 제국 재상 양문상은 사람의 기척이 전혀 없는, 어쩐지 스산함마저 느껴지는 널찍한 황궁 별채의 재판부를 둘러보았다.

좌우에는 한 단 높은 자리. 중앙에 자리 잡은 것은 거대한 흑석(黑石)──【용옥】이라 불리는 것이다.

대하에서 쫓겨나 이 땅에 도착한 4대 전의 황제 폐하께서 발견하여, 이후로 이 장소에 계속 존재하고 있다. 당시부터 일관적으로 심판을 내리는 장소이기 때문인지, 깊은 밤이 되면 경호하는 병사들마저 오려고 하지 않으며, 안에는 비밀스런 지하 감옥이 있다는 것을 아는 자는 적다.

나는 눈처럼 하얗게 된 수염을 매만지며, 방심하지 않고 검의 자루를 쥔 노복에게 물었다.

"서비응도 이제 그만 감옥에서 내보내, 고향으로──『남사』로 돌려보내 줘야 하겠지. 대우는 교섭하고 있겠지? 무슨 일이 있어도, 고문 따위 하고 있는 것은 아닐 테지??"

"부재상 각하의 진인 증서도 받았사옵니다. 문제없을 것입니다."

"……그렇군."

수많은 장병을 죽이고 만 서동 침공전에서 뻔뻔스레 살아 돌아와, 당초에는 반성한 기색을 보이기도 했지만, 이제는 전과 같은 태도를 되찾은 임충도의 얼굴을 떠올리고 불쾌감이 치솟았다.

놈도 그렇고, 금군 원수였던 황북작도 그렇고…… 치명적인 실책을 범하고서도, 얕볼 수 없는 권력을 가지고 있는 것은 【영】에게 해악이다.

폐하께 달라붙어 있는 임씨 가문 출신의 총희와 아울러, 언젠가 제거를 해야겠지…….

조용한 다수의 발소리와, 넓은 방을 비추는 불빛으로 만들어진 그림자 속에서 목소리가 들렸다.

"기다리셨습니다."

나와 노복의 몸에 긴장이 흘렀다.

모습을 드러낸 것은, 외투를 걸친 부재상 임충도의 심복이라는 몸집이 작은 남자였다.

이러한 장소라도 얼굴에는 기묘한 여우 가면이라.

후방의 그림자는 사전에 약속한 것처럼『쌍방 한 명씩의 호위』

인 것이리라. 장신의 남자가 서 있었다. 외투를 머리까지 뒤집어
써서, 얼굴은 보이지 않는다.

치이이. 기름이 타오르는 소리가 들렸다.

턱수염에서 손을 떼고, 눈을 가늘게 떴다.

"설마하니, 내 어리석은 손자를 통해, 귀공이 접촉을 할 줄이
야. 게다가, 회담 장소로【용옥】앞을 지정하다니 대범하군.『거
짓말을 할 생각은 없다』—— 그런 말인가? 이렇게 직접 이야기를
하는 것은 처음이로군. ……분명히 이름은."

"전조라 하옵니다, 노재상 각하."

"!"

천천히 남자가 가면을 벗자, 왼쪽 볼에 심각한 화상 자국이 있
었다. 과연 어느 때라도 가면을 벗지 않을 만 하구나.

전조가 다시 가면을 쓰고, 가볍게 고개를 숙였다.

"아무래도 이리 추악한 얼굴인지라. 무례가 되겠습니다만, 양
해하시지요."

나는 동의하는 뜻을 손으로 드러내고, 팔짱을 끼었다.

미약한 바람이 초의 불을 흔들었다.

"……전조 공. 서로 다망한 몸이야. 임경에 사는 자들이, 강한
경의를 품고 있는 이 장소라도, 사람이 오지 않는 것은 아닐세.
용건을 듣지. 사태는 도읍에 사는 자들이 생각하는 이상으로 긴
박하네. 그대가 섬기는 부재상 나리가, 경양에 대한 증원이나 대
하 하류에 대한 파병을 모조리 반대하고 있으니."

"그러면, 빠르게 이야기를 하지요."

전조는 내가 비꼬는 것을 상대하지 않고, 고개를 숙였다.

"각하! 내일 묘당에서 장가군에 대한 증원 제안은 통과되지 않습니다. 그러긴커녕, 대하 하류에 대한 군 파견도……. 안타까울 따름입니다."

바람이 넓은 공간 안에 흘러, 기분 나쁜 소리를 냈다.

나는 그가 하는 말의 의미를 이해 못 해, 차갑게 되물었다.

"……어떤 의미인가? 다시 말해서, 귀공이 이미 내 안을 막았다 하는 것인가??"

부재상 임충도는 과거에 몇 번이고 최전선에 대한 증원 파견을 거부했다.

때로는 폐하의 총희인 자신의 의붓딸을 써서까지.

이유는…… 나에 대한 질투심과 도를 넘어선 권세욕 탓이군.

그 욕망의 성취를 위해, 눈앞의 남자가 책략을 내오지 않았던가?

전조가 크게 고개를 저었다.

"오해가 있는 듯 하니, 이 기회에 변명을 하겠습니다. 이번 적군 침공에 대해, 저는 장가군에 대한 증파에 찬성입니다. 『경양』은 우리 나라의 요석! 그곳을 잃으면 망국이나 마찬가지라 생각하는 바이니. 서동 침공은 그 사전 방어책이라 믿고 있습니다."

가면을 쓰고 있어도 열정이 전해진다.

……좀처럼 믿기는 어렵다만.

난양의 회전에서 임충도가 총지휘를 하지 않고 일부 부대와 함께 도읍으로 귀환한 것도, 이 남자의 지휘라고 은밀하게 소문이 돌고 있었다.

내 사고와 별개로, 자그마한 남자는 어깨를 떨구었다.

"그러나…… 제 생각을 부재상 각하는 이해 못 하시고, 증원안은 덧없이 기각되고 말았습니다. 서동 침공을 하기 전, 제가 각하께 신임을 얻은 것은 사실입니다만…… 이제는 이미."

"허면, 그 총희가 폐하께?"

전조는 답하지 않고, 입술을 일그러뜨리기만 하면서 살짝 고개를 끄덕였다. 등골이 오싹해졌다.

──젊고 아름다운 계집을 이용해 외척이 황제를 조종한다.

동서고금 수많은 사서에 기재되어온 일화이며, 언제나 폐하께도 쓴 소리를 해왔건만…… 이 나이가 되어 스스로 체험하게 될 줄이야.

서동 침공전에서 참패한 뒤, 폐하는 점점 더 정무에 모습을 드러내지 않게 되셨다.

임경의 주민들이 만든 광기 서린 노래──.

『장태람의 적은 북쪽에도, 서쪽에도 없다. 남쪽의 수도에서 여자 놀음을 하고 있다.』

이것을 어디선가 아시고선, 격하게 풀이 죽으셨다마는, 설마 이 정도일 줄은.

나는 이마에 손을 대고서, 신음했다.

"지금, 장태람에게 증원을 보내지 않고서, 대체 무엇을 획책한단 말인가? 아무리 정도를 농단하고자 해도 나라가 멸망하게 되면──…… 설마."

내 늙은 머리가 어느 사실에 도달했다.

증원을 보내지 않는다. 그러나 망국은 피하고 싶다. 허면.

가면 안쪽에서 전조의 눈동자가 움직였다.

"임충도는 내일 묘당에서『【현】나라와 화약(和約)』을 의제로 할 셈이옵니다. 그리고 그것은…… 황제 폐하의 의사이기도 하옵니다."

"큭!"

나는 숨을 삼키고, 격하게 요동치는 심장을 억눌렀다.

"각하!"

서 있을 수가 없어 한쪽 무릎을 짚자, 노복이 달려와 어깨를 지탱하여 환약과 수통을 건네주었다. 억지로 삼켰다.

거칠게 숨을 쉬고, 입가를 닦으며 반론했다.

"……일방통행의 안 따위 통할 리가 없으리라. 전쟁에는 상대가."

"이것을. ……충도가 가지고 있던 것을 베껴 왔사옵니다."

전조는 내 말을 마지막까지 듣지도 않고, 다가오더니 종잇조각을 건넸다.

눈으로 읽고, 말을 잃었다.

그곳에 적힌 것은…… 화약안이란 이름의 항복안이었다.

· 『경양』을 포함한 호주를 【현】으로 할양한다.

· 『안암』을 포함한 북서주를 【서동】으로 할양한다.

· 이 화약이 체결된 뒤, 【현】을 형으로. 【영】을 아우로 한다.

・【영】은 별도로 정한 은, 말, 비단을 매년 『연경』으로 보낸다.

・저항할 우려가 높은 장씨 가문, 서씨 가문, 우씨 가문에서 『연경』으로 인질을 보낸다.

・【현】은 상기의 내용을 지키는 한, 천하통일을 바라지 않는다.

나는 노복의 어깨를 빌려 일어서서, 머리를 쥐어뜯었다.

분명히, 이 조건이라면 현 제국 황제 【백귀】아다이 다다오 받아들일지 모른다. 충도가 생각한 것이 아니라, 적이 보낸 요구를 그대로 받았는가?

……그러나, 그러나!

노구가 뜨거워지고, 분노가 휘몰아쳤다.

"이러한 일을…… 어찌 그 땅에 사는 백성과 세 가문의 수장들에게 설명한단 말이더냐. 그렇지 않아도, 서방의 우씨 가문은 우리들에게 강한 불신을 품고, 서비응이 붙잡힌 남방의 서씨 가문도 움직임이 불온한 판국인 것을?! 게다가, 아다이가 재침공을 획책하면, 모든 것을 잃는다!"

"네. 그야말로 어리석은 안입니다. 그러나, 사자 또한 황북작으로 정해져 있습니다. ……각하! 부재상이 적과 내통하고 있는 이상, 폐하의 생각을 고치기 위해, 비상수단을."

격정과 함께 나에게 다가오려던 전조를 노복이 밀어냈다.

"……물러나시게."

아무런 논의도 없이, 이미 사자마저도 정했다 하는가.

다시 말해서, 고국을 구하려면 지금이 바로 내 몸을 던질 때,

라는 것이군.

눈을 감고, 토해냈다.

"착각하지 마시게, 전조 공. 분명 이 화약안은 굴욕적이다. 언젠가 화근이 되는 것은 정해진 일. 후세의 사서에서, 내 이름은 매국노와 같은 뜻이 될 것이야. 그러나──."

번득. 눈을 부릅뜨고, 영 제국 재상으로서 결단을 내렸다.

"나는 황제 폐하의 충실한 신하일세. 어심이『화해』로 기울었다면…… 따를 뿐이지."

전조가 비틀거리고, 그림자 속에 있던 호위인 사내도 입술을 깨물었다.

부재상의 심복이었던 자그마한 남자가 당황했다.

"그, 그러한…… 허, 허면, 영을 지탱해온『삼장』── 장태람, 서수봉, 우상호의 뜻을 짓밟고, 반대한다면 세 가문을 내치면서까지, 강화를 하시겠다는 겁니까?!"

과거, 술을 나눈 나보다도 젊은 세 장수들의 얼굴이 눈에 떠올랐다.

아아!『우리들이 고국을 지켜내리라』맹세한 그때에서, 얼마나 머나먼 장소에 와버린 것일까!!

그러나 영 제국 재상으로서…… 황제 폐하와 나라를 지키기 위해서라면, 그 세 사람의 가문이라 해도.

"……어쩔 수 없음이라. 이제는, 굴욕적인 강화라는『맹독』을 들이킨 다음을 생각해야 하리니. 우리나라의 북, 서, 남을 지키는 세 가문의 힘이 지나치게 강해진 것 또한 사실이다. 중앙이 움직일 수 있는 군── 금군의 대개혁과 아울러 움직여야 할 때가 온 것이리라."

전조의 몸이 벼락을 맞은 것처럼 경직되었다. 식은땀을 흘리고, 경악한다.

"서, 설마…… 전부터 세 가문의 힘을 깎아낼 기회를 살피고 계셨던 겁니까?! 양문상, 당신이란 인물은!"

나는 시선을 남자에게서 돌렸다. 검은 비가 내리고, 때때로 벼락이 쳤다.

하늘이…… 울고 있는 것인가.

"귀공은 알 수 없을 것이야. 국가의 고삐를 잡은 재상이란 그런 것이지. 고국과 각 가문의 흥망── 비할 바도 없는 것. 태람과 두 가문의 수장들 또한, 설득을 거듭한다면 반드시."

직후, 격렬한 뇌명이 울렸다. 돌바닥을 차는 진동.

자세를 되돌리려다가.

"크윽?!"

"! 각하!!!!! 이노옴!"

나는 전조의 호위가 가진 비수에 몸이 꿰뚫어지고 있었다. 급소는 면했는가.

즉시 노복이 검을 뽑아, 교전을 시작하고자 했지만──.

"! 모, 모략, 인가."

간격을 단숨에 좁힌 전조에게, 단검이 가슴에 박혀 절명했다.

손을 뻗어 암살자의 어깨를 붙잡았다.

"저, 정체가, 무엇이더냐…………."

"……궁중에서 노니느라, 자신이 투옥하여 고통을 준 자의 얼굴도 모르는가……."

증오를 드러내며 비수를 뽑고, 남자는 뒤집어쓴 외투를 벗었다.

"! 귀, 귀공, 은…… 서, 설마, 어, 어찌, 그러한?"

갈색 머리에 나이는 젊다. 피부는 그을렸고, 얼굴에 심한 상처── **고문의 흔적**이 보였다.

암살자가 비수를 다시 겨누었다.

"네놈의 모략으로, 난양 땅에서 시해된 서수봉의 장자, 비응이다. ……지하 감옥에서 지낸 나날은 심신에 고통이었다. 내 아버지와 우상호 님의 목숨뿐 아니라, 서씨 가문과 우씨 가문, 장태람 님과 장씨 가문마저 없앨 셈이었다니…… 모두 전조 공이 말씀하신 그대로였구나! ……감히, 감히, 감히!!!!!"

아뿔싸! 완전히 모략에 빠졌구나?!

설마, 서씨 가문의 장자에게 나를──.

"기, 기다려라! 오해, 카흑."

"서동 땅에서, 경양에서 쓰러진 자들에게── 하다못해 저세상에서 사죄하거라!!!!!"

비수가 또 다시 나를 꿰뚫어, 견딜 수 없을 만큼의 격통.

마지막 힘으로 손을 뻗어, 과거, 아기였던 시절에 그런 것처럼 비응의 볼을 만졌다.

"…………여, 영, 을………………."

암살자는 몸을 물리고, 내 몸은 인형처럼 차가운 바닥에 쓰러졌다.

시야가 흐려지고, 어두워지고, 피가 흘러나간다.

"……간신 놈이."

증오가 가득한 비응의 매도와 발소리의 충격이 전해졌다.

"비응 공, 귀공은 오늘 밤 안으로 임경을 탈출하여, 『남사』로 돌아가, 서씨 가문을 지키십시오! 뒷일은 모두 제가. 나쁘게 하지는 않습니다."

"하나부터 열까지 고맙소. 이 은혜, 평생 잊지 않겠소. ……허면!"

비응의 발소리가 멀어졌다.

아아, 아아, 이럴 수가 있는가……. 수봉에게 저세상에서 뭐라 사죄를 해야 하는가.

이미 손가락 하나 움직일 수가 없구나. 설마, 전조란 이름 그대로 『쥐』에게 당할 줄이야.

──여러 명의 발소리.

"끝난 모양이군. 연기가 좋더구나."

이러한 장소에 소녀가?

전조가 공손히 한쪽 무릎을 짚은 모양이다.

"……부끄러울 따름입니다. 노재상을 확실히 제거하고, 거짓된 강화 뒤에 【영】을 남부에서 휘젓기 위해서라지만, 지나치게 궁지에 몰았을지도 모릅니다."

나를 세거하는 것뿐 아니라, 서씨 가문의 반란을 획책했는가── 아이와도 같은 웃음소리.

죽어가는 몸일진대, 강한 공포가 솟았다.

"자신을 돕는 자와, 자신을 파멸로 내몬 자의 구별도 못 하는 어리석고 가여운, 어린아이로다. 【봉익】은 저승에서 한탄하고 있으리라. 아니, 놈의 눈에 들고 【흑인】의 추격을 받았을 때부터 운이 다했던가."

소녀가 말을 내뱉고, 발소리가 멀어졌다.

"【백귀】에게 속히 알리라──『계획대로 【영】은 갈라졌다』라고."

──그렇구나………… 그런, 것이었던고. 모두, 그 【백귀】의 술수였던가.

아아, 아아── 나는, 잘못 보았다. 크게 잘못 보았다.

미안하다, 수봉……. 미안하다, 상호…….

미안하구나, 태람…………!

빛을 잃고, 칠흑의 어둠이 나를 휘감았다.

『거짓된 영화를 즐기고 있는 인간하고는 말이 안 통해.』

──임경의 지하 감옥에서 한 유쾌한 대화를 떠올렸다.

큭큭큭………… 분명히…… 거짓된 것, 이었구나………….

장척영! 장척영이여!!

부디, 부디………… 이 나라를…… 【영】을………….

그것을 마지막으로 나, 양문상의 의식은 완전히 끊어져, 어둠에 가라앉았다.

*

"미안하지만…… 다시 한번………… 다시 한번, 말해주겠는가? 서한에 적혀 있기는 하다만, 틀려서는 큰일일세. ……**노재상 각하께서 나에게 뭐라고??**"

경양, 장씨 가문 저택의 어느 방.

한식구인 나와 백령, 배짱이 있는 유리나 시녀복 차림의 오토마저도 떨릴 정도로 차가운 장태람의 물음을 듣고, 임경에서 온 사자라는 젊은 금군 사관의 안면이 창백해졌다.

오른쪽 어깨에 입은 상처가 치유되지 않아 움직일 수 없지만, 명장의 위엄은 건재하다.

"폐, 폐하께서, 혀, 【현】과 강화를 결정하셨습니다. 따라서 『**장가군은 이후 전투를 삼가고, 장태람은 서둘러 궁중으로 들라**』고 하셨사옵니다."

나와 백령은 눈을 마주치고, 유리는 지도 위의 말을 만지작거리고, 오토는 침묵했다.

──경양 북방의 결전에서 닷새.

현 나라 군은 『백봉성』으로, 서동군은 구 『백은성』으로 물러나, 기분 나쁜 침묵을 지키고 있다.

상응하는 피해도 주었으니, 그 보충을 하고 있을 거라고 생각했는데…… 아무래도, 일이 그렇게 단순하지 않은 모양이군.

의부님은 하얀 것이 단숨에 늘어난 턱수염을 왼손으로 매만졌다.

"사자의 임무, 수고했다! 먼저 임경으로 돌아가 『알겠습니다』라고 전해주게."

"예, 예! 시, 실례하겠습니다!!"

젊은 사자가 도망치듯 방에서 물러나, 우리만 남았다.

의부님은 등을 돌리고, 창 밖을 바라보았다.

──공기가 확실하게 무겁다.

이럴 바에는, 정파도 억지로 데리고 올 걸 그랬어.

내 옆의 은발 소녀가 집무 책상에 양손을 짚었다.

"아버님! 이러한 것을 인정할 수는──."

"백령."

어깨를 두드리고, 고개를 저었다.

장태람은 비할 바 없는 구국의 명장이라지만…… 사람이다. 충격을 받는 것은 당연하다.

"…………."

소꿉친구 소녀도 알고는 있었는지, 단정한 얼굴을 찡그리고 내 등 뒤로 돌아가 머리를 댔다.

나는 의자에 앉아, 파란 모자를 손가락으로 돌리고 있는 금발 취안의 소녀에게 말을 걸었다.

"유리, 어떻게 생각해?"

"……기묘해."

의자에서 내려와, 앳된 용모의 군사가 방 안을 걸어 다니기 시작했다.

그에 이끌려 검은 고양이 유이도 뒤를 따랐다.

"영 제국의 노재상, 양문상이라고 하면, 타국에도 그 이름이 알려져 있다고 들었어. 그리고, 여차할 때는 스스로 배를 타고, 【장호국】과 회담에 임하는 인물이기도 해.”

유리가 발을 멈추었다.

발치의 검은 고양이를 끌어안고, 쓰다듬으면서 자신의 생각을 우리에게 가르쳐 주었다.

“임경의 총의로 강화 교섭을 진행한다고 해도, 【봉익】 서수봉, 【호아】 우상호가 없는 지금, 이 나라를 최전선에서 지키고 있는 명장에게 아무런 설명도 없이 갑자기 『교전하지 마라』『임경에 와라』? 사자로 보낸 건 장수조차 아닌 금군의 하급 사관? 진인이 찍힌 서면이 있다고 해도…… 이상해. 분명히 이상해! 이래서는, 마치 장가군을 도발해서 반란을 일으키게 하려는── 아, 죄, 죄송합니다! 그럴 생각은 아니고…….”

“알고 있어.”

내가 머리 좋은 군사 나리의 손에서 파란 모자를 집어 머리에 씌워주고, 오토에게 뒤를 맡겼다.

백령에게 눈짓을 하며, 등을 돌리고 있는 의부님에게 말을 걸었다.

“의부님. 나도 유리와 같은 의견입니다. 강화 교섭 자체가 수면 아래서 움직이고 있는 것은, 현 나라 군과 서동군의 움직임으로 틀림 없는 것 같습니다만…… 불길한 예감이 들어요.”

“아버님, 이건 역시, 도읍의 낌새에 대한 정세를 백모님께 물어보고서, 이후 행동을 정하는 편이 좋지 않을까요?”

“…………흠.”

명령의 이름을 말하지 않는 것은 정세가 크게 변했기 때문이다.

장씨 가문을 소홀히 한다고 볼 수밖에 없는 가벼운 사자. 갑자기 평화 교섭을 개시.

이후로『왕씨 가문』을 의지하면, 귀찮은 일에 끌어들이게 될 수 있다.

뭐, 그 기린아는 설명해 봐야 받아들이지 않을지도 모른다만.

갑자기── 의부님이 손뼉을 쳤다.

"좋아! 나는 정했다!!"

돌아보면서, 전장에 있을 때처럼 엄격한 표정으로 하명했다.

"당장이라도 임경으로 찾아가, 노재상 각하의 의중을 직접 문겠다! 외륜선이라면 이틀이면 도착한다. 너희들은 경양에 남아, 내가 돌아오는 것을 기다려라!"

"의부님!"

"아버님!"

"…………."

"장 장군……."

나와 백령이 황급히 다가가고, 검은 고양이를 끌어안고 있는 유리는 무표정해지고, 그런 금발 소녀를 오토가 뒤에서 끌어안았다.

의부님이 왼손을 크게 흔들었다.

"척영아, 백령아, 그리 화내지 말거라. 어느 쪽이든 폐하께서『강화를 하겠다』라고 말씀을 하셨다면, 거부할 수 없지 않으냐? 노재상 각하도 아마 그럴 것이야."

"".………….""

나 자신은 임경의 황제에 대해 거의 충성심이 없지만, 의부님
은 영의 대충신.

황제에게 거스르는 일 따위, 태어나서 여태까지 해본 적도 없
을 것이다.

의부님이 눈가를 손으로 덮었다.

"……미안하다만…… 잠시만, 혼자 있고 싶구나…….''

우리는 다 함께 방을 나섰다.

──그 직후.

"ㅇㅇㅇㅇㅇㅇㅇㅇㅇㅇㅇㅇㅇㅇㅇㅇㅇㅇㅇㅇㅇㅇㅇㅇㅇㅇㅇ
ㅇㅇㅇㅇㅇㅇㅇㅇㅇㅇㅇㅇㅇㅇㅇㅇㅇㅇㅇㅇㅇㅇㅇㅇㅇㅇㅇㅇㅇㅇ
ㅇㅇㅇㅇㅇㅇㅇㅇㅇㅇㅇㅇㅇㅇㅇㅇㅇㅇㅇㅇㅇㅇㅇㅇㅇㅇㅇ
ㅇㅇㅇㅇㅇㅇㅇㅇㅇㅇㅇㅇㅇㅇㅇㅇㅇㅇㅇㅇㅇㅇㅇㅇㅇㅇㅇㅇㅇㅇ
ㅇㅇㅇㅇㅇㅇㅇ!!!"

『?!!!!』

짐승과도 같은 대포효와 물건을 부수는 파괴음이 저택 전체에
울려 퍼졌다. 검은 고양이가 겁을 먹고, 유리의 손에서 도망쳤다.

어떠한 전장에서도 약한 소리를 한 적이 없는 의부님이, 【장호
국】이 통곡하는 것이다.

둘러보니, 복도에 모여 있던 가인들도 눈물을 흘리고 병사들은

땅을 주먹으로 치고 있었다.

"아버님······. 척영, 아버님이······."

"······그래."

백령 또한 내 품에 뛰어들어, 눈물을 흘렸다.

대하 이북의 탈환──『북벌』은 장씨 가문에게 비원이었다.

그러나, 강화를 하게 되면 그 기회는 이제 두 번 다시 찾아오지 않을지도 모른다.

최전선에서 싸우고, 싸우고, 싸우고······ 계속 싸워온 결과가 이거냐.

슬픈 마음에 잠겨 있는데, 백령이 나에게서 떨어졌다.

소매로 눈가를 닦고, 등을 돌렸다.

"······세수를 하고 오겠어요."

복도 끝에 조하의 모습이 보여, 상냥한 장씨 가문의 딸을 맡겼다.

걸어가는 은발 소녀의 등을 지켜보며, 나는 이름을 불렀다.

"유리."

"말 안 해도 알아. 정보가 너무 적어. ······부자연스러울 정도로."

선낭은 자기 손에서 하얀 꽃을 만들어내, 검은 고양이와 노닐면서 담백하게 대답했다.

서동군 10만과 대치하여, 결국 한 번도 경양의 성벽을 보지 못하도록 한 군사를 돌아보았다.

"그러면, 강화 조건이다. 『경양』은 할양될까?"

"대운하 이북 및 『안암』 방면의 한 주. 그리고, 은과 비단 같은 공물을 매년. 물론 천문학적인 숫자겠지. 그다음은 의례상의 심술…… 그리고."

"척영 님의 『연경』행, 이 아닐지요."

짧은 흑발의 소녀가 대화에 끼어들었다.

나는 볼을 긁적이고, 쓴웃음을 지었다.

"아니…… 오토, 그건 아니겠지. 나한테 인질의 가치는."

"돌아왔습니다."

"히약!"

갑자기, 목덜미에 차가운 천이 닿아서 나는 문자 그대로 뛰어올랐다.

서둘러서 돌아온 모양인 백령을 노려보지만 새침한 표정이다. 이, 이 녀석…….

"다 같이 즐겁게 무슨 대화를 하고 있었나요? 그리고, 상담도 없이 인질이 되면 화냅니다."

"다, 다 들었잖아. 없다니까."

"화낼 겁니다."

불쑥 예쁜 얼굴이 다가와, 소녀는 내 얼굴을 천으로 닦았다. 주변 가인들이 실소를 흘렸다.

꽃을 만드는 걸 그만둔 유리가 이야기를 되돌렸다.

"농담을 빼고 생각하면, 세 가문이나 영의 유력 일족에게서 인질을 잡는 건, 없는 이야기가 아닐 거야. ……마찰이 일어날 것도 눈에 선하지만."

"그렇겠지."

"비응 씨도 아직 감옥에 있는 걸까요……?"

"…………."

나와 백령이 우려의 표정을 짓는 가운데, 냉정침착한 화창 부대의 실질적 대장이 입을 다물었다. 보기 드물게 생각에 잠긴 것처럼 보이는군.

"오토, 왜 그래? 몸이 안 좋으면 좀 쉬어라."

"네? 아…… 아뇨, 괜찮, 습니다."

"…………."

우가군 출신의 소녀는 퍼뜩 고개를 들고, 흑발을 손가락으로 매만지며 창피한 기색으로 고개를 숙였다. 백령의 게슴츠레한 눈길은 무시한다. 나는 아무 잘못 없어!

유리가 왼손을 허리에 대고, 오토를 신경 써주는 건지 일부러 시비를 걸었다.

"잠깐~? 아무리 내 부관이 귀엽다고 해도, 대낮에 당당하게 꼬시는 건 그만둬. 나중에 백령이 삐쳐서 불평을 듣게 되는 내 입장도—— 으윽."

"유, 유리 씨?! ……아니니까요! 척영. 오해하지 마세요."

"그, 그래."

백령은 오른손으로 유리의 입가를 누르고, 왼손의 검지로 나를 척 가리켰다.

기세가 엄청나서 밀리고 있는데,

"——후후후."

오토가 나이에 걸맞은 웃음을 흘렸다.

그리고, 우리에게 고개를 숙였다.

"역시, 조금 몸이 안 좋은 것 같으니 잠시 쉬겠습니다. 척영 님, 신경 써주셔서 정말 감사합니다."

"어~. 느긋하게 쉬어!"

"네."

흑발 소녀가 가뿐하게 복도를 걸어가자, 몇 명의 여성 병사가 모여 말을 걸었다. 명백하게 낡은 경갑을 입고 있다.

"우가군 출신이니까요."

백령이 조용히 말했다.

"그렇지~."

"역시, 서역으로 돌아가는 걸까……?"

장씨 가문에 대해 이런 사자가 왔다면, 서씨 가문과 우씨 가문에도 왔을 거야.

오토 입장에서는 섬기는 가문이 어떻게 될지, 신경 쓰이지 않을 리 없다.

──뭐, 나와 백령은 또 다르지만.

"'빤~히.'"

"뭐, 뭔데. 둘이서 이상한 눈으로 보지 마!"

일단, 내가 유리의 파란 모자를 손으로 집었다.

"쓸쓸하면, 쓸쓸하다고 말을 하면 될 것을. 우리 군사 나리는 이렇다니까."

백령이 금발취안의 소녀를 뒤에서 끌어안았다.

"유리 씨, 저는 함께 있을 거예요. 오늘 밤은 같이 자요."

점점 선낭의 볼이 빨갛게 물들고, 날뛰기 시작했다.

"~~~윽! 이, 이거 놔! 모, 모자를 두드리지 마! 머, 머리를 끌어안지 마!! 화, 화낸다?! 진심이거든!"

""그래그래.""

"큭! 이, 이이, 장씨 가문의 바보 남매애애애애!!!!!"

발치에서 검은 고양이가 기가 막혀 울었다.

이튿날, 의부님이 경양을 홀로 출발했다.

마지막의 마지막까지 동행을 인정하지 않고, 그 태도는 평소보다 훨씬 완고했다.

──그리고 더욱이 7일.

임경에서, 명령의 종자 시즈카 씨가 직접 찾아와 전해준 것은 하늘과 땅이 뒤집힐 정도의 흉보였다.

『장태람, 반란 용의로 투옥. 사형 판결을 받음.』

그 충성무비한 의부님이 반란? 게다가, 사형?

……아무래도, 도읍에서는 전대미문의 일이 발생한 모양이다.

＊

"후후후훗…… 잘, 와주셨습니다! 저 왕명령, 일일천추의 마음으로 기다리── 우읍."

"……목소리가 크다. 그리고…… 너, 부모님한테 우리들이랑 접촉하는 거 금지되지 않았어? 시즈카 씨를 보낸 것만 해도 위험한 짓이잖아. 조금은 자중해라!"

명령이 준비해준 외륜선에서 선착장에 내린 나는, 기다리고 있던 연상 소녀의 입을 손으로 누르고 주변을 살폈다.

여기는 임경 교외, 지금은 쓰이지 않는 폐어촌.

보아하니 인기척은 전혀 없지만…… 방심할 수 없다.

우리는 이제 **모반**의 관계자니까.

후방의 백령과 검은 고양이를 왼쪽 어깨에 올린 유리. 안내를 맡아준 시즈카 씨와, 『반드시 따라갑니다!』라며 물러나지 않는 조하와 일부 시녀들. 오토를 선두로 2백 수십 명의 병사도 뒤따라 하선했다.

……경양에 남은 정파를 비롯한 녀석들에게 원망을 받을 거야.

명령이 손으로 두드리길래 풀어주자, 꾸물꾸물한다.

"푸하아. 처, 척영 님…… 저를 걱정해주시는 건가요?"

"그야 당연하지. 사실은 연관되지 않는 게 좋은데…… 의부님의 지시로 백모님들이 임경을 탈출한 지금, 너를 의지하는 수밖에 없다. 미안."

"저밖에 의지할 수가 없다…… 그런가요. 그런가요! 에헤헤~♪"

"우웃."

연상 소녀는 양 볼에 손을 댔다 싶더니, 갑자기 끌어안았다. 주황색 모자가 공중으로 날아가, 떨어질 뻔한 것을 간신히 잡아챘다.

목재 선착장이 삐걱이고, 백령의 차가운 시선이 박힌다. 아니,

어쩌라고.

나는 『따라가지 못하면, 이 자리에서 자결하겠습니다!』라고까지 잘라 말한 고참병들에게 손으로 지시를 내리며, 가슴에 머리를 비비고 있는 소녀에게 부탁했다.

"일단은, 그러니까. 단적으로 정세 설명을 부탁한다."

"아, 그렇네요."

눈으로 『모자 씌워주세요!』라고 호소하길래 씌워주자 기쁘게 눈가를 풀고—— 몇 걸음 떨어져 돌아보았다. 백령이 내 옆으로 다가왔다.

기린아의 두 눈은 차가운 지혜의 빛을 뿜었다.

"상황은 생각할 수 있는 것 중에서, 최악의 최악입니다."

멀리서 번개가 치고, 수면을 흔들었다. 새와 물고기들이 도망친다.

조하와 시즈카 씨가 뭔가 이야기를 나누고 있다. 백모님들의 행방에 대해서겠지.

명령이 우리를 둘러보았다.

"지금으로부터 20일 전의 미명—— 노재상 양문상 님이 암살당하셨습니다. 범인은 지하 감옥을 탈옥한 서씨 가문의 장자, 비응이라 생각됩니다."

"""⋯⋯⋯⋯⋯."""

나, 백령, 유리는 입을 다물었다. 그 비응이 설마.

노재상의 수완으로 지하 감옥에 있더라도 심한 꼴은 아닐 거라고, 생각했는데.

명령이 나에게 바짝 다가와, 품에서 서한을 꺼냈다.

"이튿날, 묘당에서 행한 어전 회의에서 【현】과의 강화가 그날 안으로 결정되고, 부재상 임충도가 재상 대리가 되어 강화안을 정리했습니다. 내용은 이것입니다."

"""…………."""

받고서, 내용을 확인했다.

……거의, 나와 유리가 예측한 그대로.

유일하게 다른 것은 『**장태람의 처형**』.

아다이가 결전에서 이기지 못했다고 그런 것을 바랄 것이라 생각하기 어렵지만, 분명히 그리 적혀 있었다.

연상 소녀가 유리의 뒤로 돌아가, 끌어안았다. 검은 고양이는 민폐란 기색으로 내려섰다.

"동시에── 임경 안의 장씨 가문, 서씨 가문, 우씨 가문 저택으로 부재상이 병사를 보내, 포위했습니다. 세 가문은 모두 텅 비어 있었습니다만."

"그래서…… 깔끔하게 충도가 권력을 장악한 직후, 장 장군이 궁중에 들었다. 결과, 변명할 기회도 없이 구속. 게다가, 반란용의를 날조하여, 사형 선고를 내렸다."

"네. 게다가, 처형일은 내일 일출입니다."

금발의 선낭은 저항하지 않고 대화에 끼어들어, 진심으로 당혹한 표정을 나에게 보였다.

마음은 이해한다. 다음의 말도.

"어떡할래? 상대는 제정신이 아닌 것 같은데??"

"⋯⋯빤하지. 구하러 간다."

나는 검은 머리를 쓸어 올리고, 양손을 들었다.

"장태람이 반란? 천지가 뒤집혀도 있을 수 없다. 그런 일이 일어난다면, 이 나라는 진작 옛날에 사라졌어! ⋯⋯그러나, 동시에."

【흑성】의 자루에 손을 올리고, 소녀들에게 고개를 숙였다.

"미안, 명령, 유리. 장씨 가문은 생각한 것 이상으로 위태로운 배였다. 나랑 백령은 마지막까지 함께 해야 하지만, 너희들은 가라앉기 전에――."

"척영 님, 척영 님!『장명령』이라는 이름 참 좋다고 생각하지 않으세요~♪"

"퇴로 확보가 필수적이잖아? ――벌써 잊었어? 나는 당신들의 군사인데?"

명령이 장난스럽게 호소하고, 유리는 없는 가슴을 쭉 펴면서 『내뺄 생각 따위 요만큼도 없어』라고 선언했다.

"⋯⋯너희들⋯⋯."

한심하게도 시야가 흐려졌다.

황급히 소매로 닦았지만, 연상의 기린아와 선낭은 놓치지 않고 놀렸다.

"아~ 척영 님, 울고 있는 건가요? 우후후~♪ 이건 이겼네요!"

"울보 총대장님이네. 다들 각오는 굳히고 있어. 백령한테도 말했지."

"뭐?! 배, 백령 씨?"

"물어보는 편이 좋을 거라고 생각해서요."

옆에서 【백성】의 자루에 손을 올린 은발창안의 소녀까지도 담담하게 보충했다.

나는 심통을 내며, 어깨를 으쓱거렸다.

"하아…… 오토."

"저희는 서동 땅에서 여러분에게 목숨을 빚졌습니다. 그 은혜! 반드시 갚아야 합니다. 돌아가신 아버지의 가르침이니. 다들 동의했습니다."

우가군 출신의 병사들도 화창을 들고 호응했다. 어쩔 수 없는 녀석들이군.

"알았어. ……하지만 죽지 마라. 조하랑 같이 유리를 부탁해."

『예!』

훌륭한 경례를 보여주고, 병사들이 활발하게 경계하러 흩어졌다. 화창을 들고 있으면 무슨 일이 있을 때 소리로 금방 알 수 있다.

마음을 고쳐먹고, 주황색 모자의 소녀에게 질문했다.

"명령, 너라면 아마, 의부님이 붙잡혀 있는 지하 감옥의 장소도──."

"후후후훗…… 이 장명령은 빈틈이 없어요! 시즈카와 춘연, 공연도 도와줬습니다. 이런 일도 있을까 하여! 짜잔."

앞으로 내민 낡은 두루마리를 받아 펼치자, 황궁 지하의 상세한 통로가 그려져 있었다. ……출처는 물어보지 않는 게 좋겠군.

유리가 보기 쉽도록 높이를 내렸다.

"지하에서 서쪽 언덕으로 빠져나갈 수 있구나. 합류 장소는 거기로 하자."

"알았어."

두루마리를 군사에게 건네고, 고했다.

"돌입하는 건 나 혼자"

"척영과 내가 가겠어요. 다들 유리 씨의 지휘에 따르세요."

『예! 장백령 님!!』

병사들이 정연하게 대답했다. 백령은 물론이고, 우리 군사님에 대한 신뢰도 서동군 10만을 거의 봉쇄한 것으로 절대적인 것이 되었다.

나는 소꿉친구 소녀를 게슴츠레 보았다.

"⋯⋯야."

"잠꼬대는 안 들어요."

뭔 말을 못하겠네.

"뭐⋯⋯ 어쩔 수 없네요~."

이럴 때 내 편을 들어주는 명령도 이렇게 말한다. 큭.

그때 흑백기조의 옷에 외투를 걸친 검은 머리의 장신 여성이 조하와 이야기를 마치고 걸어왔다. 허리에 차고 있는 것은 옻칠을 한 칼집이 아름다운 크고 작은 이국의 칼이다.

"척영 님, 저도 함께 가겠습니다."

"시즈카 씨, 마음은 고맙지만, 이번만큼은——."

섬광이 달리고, 내 앞에 떨어지던 나뭇잎이 양단됐다.

마치 선술처럼 칼이 칼집에 들어가고, 청량한 음색을 연주했다.

——신속의 참격.

전생에서도, 이번 생에서도 본 적이 없는 일격이다.

흑진주 같은 눈동자에 절대적인 강자의 위용을 풍기며, 시즈카 씨가 웃었다.

"족쇄가 되진 않을 겁니다. 황궁 및 지하 통로의 안내도 필요할 것이고요."

나는 백령과 눈길을 마주쳤다.

"……감사히."

"감사합니다."

숙련된 여성 검사에게 깊이 고개를 숙였다.

"신경 쓰지 마세요. 명령 아가씨의 말씀도 있었으니."

"아~아~! 시, 시즈카! 그거 말하면 안 돼!!"

이럴 때도 변함없이 쾌활한 연상 소녀가 대드는 걸 보고, 우리는 웃음을 흘렸다.

주먹을 내밀어, 모두와 마주 댔다.

"좋아. 시간도 없다. 의부님을—— 장태람을 구하러 간다!"

*

어둠을 틈타, 우리 셋은 황궁을 나아갔다.

명백하게 우리 저택보다 경비가 허술하고, 경호병사들의 태반은 술까지 마시고 있었다.

때때로『강화다!』,『【백귀】에게 내 검의 실력을——』따위로 외치기도 한다.

······최전선이랑은 참 다르시구만.

이러니 전에 백령이 간단히 침입을 했지.

선두에 선 시즈카 씨의 안내를 받으며 잠시 나아가── 우리는 의부님이 잡혀 있는 지하감옥으로 이어지는 재판부에 도착했다. 손으로 지시를 받아, 달리는 걸 멈추고 걷기 시작했다.

인기척은 일절 느껴지지 않고, 공기가 무겁고 차갑다.

벽이나 기둥의 불빛이 흐릿하게 비추고, 중앙에는 칠흑의 거암이 자리 잡고, 좌우에는 판관들의 자리가 놓여 있었다.

"······이상하게 조용하네요."

"【용옥】이 있기 때문이겠죠. 도읍에 사는 자라면, 누구나 이 바위에 외경의 마음을 품고 있습니다. ······매일, 죄인이 심판을 받는 것도 크다고 생각합니다만."

용모가 눈에 띄어 버리기에 외투를 머리까지 뒤집어쓴 백령이 작게 중얼거리자, 시즈카 씨가 담담하게 응답했다.

나는 두 사람의 대화를 들으며 멈춰 서서 거암을 올려다보았다.

전생의 마지막에 나는 이것과 비슷한 바위를 베었다.

"후~응······『노도』의 거암 같군."

"? 당신, 가본 적 없잖아요."

그 말에, 백령이 고개를 갸웃거렸다. 아차.

걸음을 재개하고, 사뭇 당연하단 기색으로 대답했다.

"──서책에서 읽었다."

"······정말인가요? 설마, 임경에 혼자 왔을 때, 저한테는 말 안하고."

"미, 믿어라—— 오른쪽으로 뛰어!"

"큭?!"

나와 백령은 좌우로 뛰어서, 가까운 기둥에 몸을 숨겼다.

방금 전까지 서 있던 바닥에, 날카로운 단검이 박혀 있었다.

시즈카 씨도 거암의 뒤에 숨은 모양이군.

"호오…… 구원이 늦지 않다니. 헛수고가 아닐까 생각했다만."

어둠 속에서 천천히 모습을 드러낸 것은, 너덜너덜한 외투를 걸치고 여우 가면을 쓴 자그마한 인물이었다.

허리에는 네 자루의 칼. 기이하군.

목소리만 들으면 여자인지 남자인지도 알 수 없고, 머리색도 불명.

이어서, 여우 가면을 쓴 외투 차림의 남자들도 주변에 흩어졌다.

【흑성】의 자루에 손을 대고, 자그마한 여우 가면을 노려보았다.

"……너, 정체가 뭐냐? 아아, 나는."

"장척영. 그쪽의 은발창안이 장백령이겠지? 이름을 밝힐 필요는 딱히 없다만, 그래도 【쌍성의 천검】을 다루는 자에게 실례가 되겠지. ——현 나라 황제 【백귀】의 협력자 『천호』의 연이다. 그대들이 바라는 장태람이 묶여 있는 지하 감옥은 이 앞에 있다마는…… 보낼 수는 없다. 너희들의 존재, 천하통일을 위해서는 방해된다. 이쯤에서 죽어둬라!"

『천호』의 연이라고 이름을 밝힌 인물이 외치자, 여우 가면의 남자들이 한쪽 날의 단검을 뽑아 삼삼오오 돌격했다.

나와 백령은 검을 뽑아, 선두에 선 남자의 일격을 막았다.

비명 같은 금속음.

바닥에 기분 나쁜 질척한 액체가 떨어지고, 냄새를 풍겼다.

"검신에 독!"

"묘하게 단단해요!"

반격하면서, 백령과 정보를 교환했다.

습격자의 수는 일곱…… 아니 여덟 명.

그에 비해 이쪽은 나와 백령.

그리고──.

"크악!"

단검이 천장에 박혔다.

깔끔한 원호의 잔상을 남기고, 시즈카 씨가 남자를 여우 가면
과 함께 양단했다.

춤추는 듯한 동작으로 칼을 휘둘러, 피를 떨쳐낸다.

『큭!』

"……호오."

남자들 사이에 동요가 퍼지고, 연은 감탄의 소리를 흘렸다.

이국의 칼을 뽑아 든 흑발장신의 미녀가, 우리에게 권고했다.

"수하들은 제가. 두 분은 앞으로. 요괴도『머리』를 자르면 죽일
수 있겠지요."

""네!!""

시즈카 씨가 여우 가면의 남자들에게 단검을 던지고, 낮은 자

세 그대로 돌격했다.

그 옆을 빠져나가, 나와 백령은 맨손의 연과 【용옥】 앞에서 대치했다.

으스스하지만, 그만큼 자신의 기량에 자신을 가졌다, 이거군.

후방에서 격렬하게 싸우는 소리와 비명. 시즈카 씨는 터무니없는 검사님이다.

방심하지 않고 【흑성】을 겨누어, 문득 물었다.

"한 가지 물어보겠는데…… 서비응을 떠민 것은 너희들 짓이냐?"

연의 작은 어깨가 움찔, 움직였다.

진심으로 불쾌한 신음을 한다.

"……섭섭하군. 나는 아다이처럼, 사람을 그만두지 않았다!"

""!""

시즈카 씨와 비슷한, 지면에 닿을락 말락 한 돌진.

노리는 것은 우선 나지만 칼은 뽑지 않았다.

어떤 기술── 오한을 느끼고 후방으로 뛰면서, 반사적으로 【흑성】을 들어 참격을 받아 튕겨냈다.

칼집에서 직접 뽑으며 휘둘렀어?!

후퇴하여, 유려한 동작으로 이국의 칼을 넣고 연이 웃었다.

"호오── 지금 그걸 받아내는가. 재미있군!"

다시 바닥에 닿을 법한 돌진.

이번에 노리는 건 백령인가!

"같은 기술이라니."

은발을 나부끼며, 소꿉친구 소녀가【백성】을 휘두르려다——.

"백령!!!!!!"

"?!"

나는 외치는 것과 동시에, 소녀를 땅에 넘어뜨렸다.

상공을 필살의 참격이 통과하고, 촛대를 절단하여 바닥에 기름과 불꽃을 뿌렸다.

방금 전보다 명백하게 사정거리가 길어! 게다가, 칼을 다루는 손까지 반대?!

"간격을 간파했는데⋯⋯ 어떻게?"

"알 게 뭐야! 달려라!!"

백령을 재촉하여, 돌아보면서 단검을 던졌지만 간단히 피해낸다.

뛰어오르듯 일어서자, 연은 오른쪽 왼쪽으로 위치를 바꾸며 차례차례 우리들에게 참격을 뿌렸다.

필사적으로 받아내 튕기지만, 이번에는 벽이나 기둥,【용옥】을 차면서 덤벼든다.

사람의 기술이라고 생각되지 않는군. 마치 선술 같아.

"몸이 너무 가볍잖아?! 일섬마다 간격도, 쓰는 손도 전부 다르고!!"

"게다가, 무시무시하게 빨라요!"

오른손이 강하게 저리는 걸 느끼며, 연을 크게 공중으로 튕겨내고 나는 이를 갈았다.

아무리 느슨한 경비라지만, 이렇게 검격음이 울리면 병사들도 달려와 버린다.

시간이 없어!

이때 세 명째 여우 가면을 벤 시즈카 씨가 고전하는 우리에게 조언을 외쳤다.

"그건 저의 고국에서 드물게 볼 수 있는『거합』이라 불리는 기술입니다! 원형은 찾아볼 수 없지만…… 속도로 앞서는 것은 어려워요!!"

"……속도로는."

"……못 이긴다."

우리는 우리가 가진 칠흑과 순백의 검을 보았다.

"백령, 한다!"

"척영, 갑니다!"

전력으로 거암 뒤에 달려갔다.

이것밖에 없어!

뒤쪽에서 여우 가면의 조소가 들렸다.

"【용옥】을 차폐물 삼을 셈인가? 바보군! 수명이 잠깐 늘어날 뿐이다!!"

나는 백령과 말없이 고개를 끄덕이고, 【천검】을 양손으로 쥐어,

""하아아아아아아아아아아!!!!!!""

눈앞의 거암을 전력으로 베어냈다.

"엇?!"

괜히 앳된 소리가 들렸다.

그 직후── 핑음과 함께 【용옥】이 깔끔하게 절단되어 미끄러져 떨어졌다.

황궁 전체가 충격으로 격렬하게 떨리고, 몇 개의 촛대도 충격으로 쓰러져 불길이 번졌다.

그 가운데 아연한 기색으로 서 있는 것은, 외투가 베인 연.

허리에는 길이가 다른 좌우 두 자루씩의 칼을 차고 있었다. 기묘한 기술의 원리는 저거군.

이상하게 메마른 소리와 함께 여우 가면이 땅에 떨어져, 부서졌다.

이어서, 머리끈이 끊어졌는지 길고 아름다운 머리칼이 불꽃 속에서 퍼졌다.

나와 백령은 동시에 눈을 부릅떴다.

""……**은발창안**의 여자애……?""

오른쪽 눈을 은발로 가린 소녀는 얼굴을 손으로 덮었다.
그리고, 그 틈으로 증오의 시선을 우리에게 보냈다.

"──……봤구나? 내 얼굴을, 내 머리칼을, 내 눈동자를……──."

""…………윽.""

소름이 돋아, 우리는 말을 할 수가 없었다.

기묘한 경직 상태 속에서, 건물 밖에서 다수의 목소리와 발소리가 들렸다. 경비병들인가!

얼굴을 덮은 소녀의 주위에 여우 가면들이 모여, 흙먼지 속으로 사라졌다.

"……운이 좋구나, 장척영, 장백령. 너희들은 언젠가 반드시 내가 죽인다. 그러나, 오늘 밤은 아닌가 보군. 지금 장태람이 어떤 모습인지 보고, 절망하도록 해라! 【백귀】의 손에 죽지 않도록, 열심히 대륙에서 도망쳐 다녀봐라!"

그렇게 외치고, 연과 여우 가면들의 기척이 사라졌다. 시체도 안 남았어.

……천하통일을 돕는 『천호』라.

1 대 다수였는데도 상처 하나 없는 시즈카 씨가 칼의 피를 떨쳐내고 칼집에 넣으며, 날카롭게 우리들에게 주의 환기를 했다. 불꽃이 더욱 번지고 있다.

"척영 님, 백령 님, 병사가 옵니다. 서두르세요!"

*

【용옥】이 있던 재판부를 지나, 비밀의 지하 감옥으로 이어지는 계단을 백령과 함께 달려서 내려갔다.

뒤는 시즈카 씨가 지켜주고 있으니 대단히 듬직하지만, 병사들의 목소리도 다가오고 있다. 서둘러야 해.

순식간에 가장 깊은 곳에 내려가―― 나는 과거에 잔뜩 맡은 냄새를 느꼈다.

죽음과 철과 피.

돌벽에 몇 갠가 등불이 있지만, 빛이 부족하여 어둡다.

의부님이 있는 지하 감옥은 가장 안쪽인 모양이다. 탈출로는…… 왼쪽 통로군.

사슬이 스치는 소리와 갈라진 목소리.

"――……척영과 백령, 이냐?"

! 의부님이다.

그러나…… 시즈카 씨가 나를 보았다. 검은 눈동자에 비통함.

백령이 가만있지 못하고 달려가려는 것을, 손으로 막았다.

"아버님! ――척영?"

"……백령, 넌 여기 있어."

아마, 의부님도 그걸 바라실 거다.

전장을 알고 있다지만, 사람의 추악함을 모르는 은발 소녀가 역정을 냈다.

"뭣?! 어째서인가요!"

"어째서고 뭐고!"

"처, 척영?"

강하게 잘라 말하자, 놀라고 몸이 굳었다. 두 눈에 눈물도 글썽거린다.

나는 백령에게 천을 건네고, 검은 머리 장신의 여성에게 가볍게 고개를 숙였다.

"……시즈카 씨."

"맡겨 주세요. 그러나, 시간이 그다지."

"감사합니다."

"어? 처, 척영……?"

천을 쥐면서 황망한 기색인 백령의 물음을 의도적으로 무시하고, 앞으로.

점점 더 피 냄새가 심해지고, 짙어진다.

옆 감옥에는, 부서진 뼛조각과 바짝 마른 주검이 굴러다녔다.

나는 가장 안쪽 방에 도착하여, 사슬에 묶인 남성에게 말을 걸었다.

"의부님."

격렬한 고문을 받았는지, 상반신은 벌거벗고 피투성이인【호국】장태람이 고개를 들었다. 사슬에 구속되어 있는 사지의 상처가 어둠 속에서도 알 수 있을 만큼 심하다. 특히 오른쪽 어깨는 무참하다.

"……와…… 버렸구나. 아무래도, 나는 너희들을…… 잘못 키운 모양이다. 어리석은 아비 따위, 내치면 되는 것을………… 백령이 오는 건 막아주었구나? 하긴, 보여줄 모습이, 아니…… 니까."

"……네."

필사적으로 격정을 억눌렀다.

이런…… 이런 모습을, 그 녀석에게, 백령에게 보일 수는 없다.

내 얼굴을 보고 짐작한 것이리라. 의부님이 고통을 견디면서 미소를 지었다.

"미안하구나, 척영아. 너에게는 고생만 시킨다."

"의부님! ……그런, 그런 일은…… 나야말로…… 폐만 끼쳐서……."

눈물이 흘러넘치고 목소리도 안 나온다.

그래도 간신히 미소를 만들었다.

"지금, 자물쇠와 사슬을 베겠습니다. 괜찮아요! 이 검, 상당히 잘 들거든요?"

"황 제국 대장군 【황영】이 휘둘렀다는 【쌍성의 천검】이냐."

나는 눈을 깜박였다.

지금까지는, 의부님이 지적한 적이 없었다.

"……알고, 계셨습니까?"

"당연하지. 나는 너와 백령의 아비가 아니냐?"

"…………."

당해낼 수가 없다. 나는 아무리 지나도, 이 사람에겐.

의부님이 아주 약간 몸을 움직이고 「크윽……」 하고 작게 신음했다.

"……그 쌍검 자체에, 특별히 불가사의한 힘이 있는 것은 아닐 게야……. 그러나, 세상의 권력자들은 그리 생각지 않는다. 가지고 있으면 언젠가 재앙이 닥칠지도 모른다."

"『은발창안의 계집』──처럼요? 유감이지만, 행복밖에 안 오던데요."

신기하게도 술술 응답할 수 있었다. ……본인에게는 말 못 하지만.

어깨너머로 보자, 백령은 천을 쥐고 이쪽을 가만히 응시하고 있었다.

지하 감옥 안에서, 억눌린 웃음소리.

"……큭큭큭. ……말을 거두어야겠구나. 나는, 나는 참으로 분에 넘치는 아들을 가졌다. ……만족했다. 이제, 여한이 없어……."

"무슨 말씀을 하십니까? 의부님은, 얼른 무시무시한【백귀】를 퇴치해주셔야 합니다. 자, 벱니다."

내가【흑성】을 뽑으려 하자, 사슬이 절그럭거리며 소리를 냈다.

피투성이 얼굴의 의부님이 고개를 흔들었다.

"……됐다. 알고 있겠지? 지금의 나를 데리고, 임경을 탈출하는 것은 불가능하다. ……팔다리가 거의 움직이질 않아. 충도의 수가, 한껏 망가뜨려 주었다."

"의부님!"

견디지 못하고, 큰 소리를 내고 말았다.

위층을 달리는 진동이 전해진다. 시간은…… 이제 거의 없다.

의부님의 눈동자에 체념과 회한이 깃들었다.

"……됐다. 척영아. …………이제 됐다. 이건 바라선 안 되는 꿈을…… 어린 너와 백령이 보여준 걸출한 재능에 무모한『북벌』 완수의 꿈을 꾼…… 나에게 내린 벌이야."

"…………."

나는 검의 자루에서 손을 놓았다.

대하 이북의 탈환은 의부님에게 비원.

그러나—— 나와 백령을 적극적으로 관여하도록 하진 않았다.

사슬 소리가 격렬해지고, 장태람이 통곡했다.

"이리되기 전에 얼마든지 수를 쓸 수 있었어. 그러나, 나도 수봉도 상호도, 그리고 문상마저도. 거짓된 영화에 들떠, 수많은 일을 게을리했다. 그 결과가 이 꼴이야…… 이 꼴인 것이야………."

"의부님……."

안 된다. 말이 안 나와. 나는 그럴 자격이 없다.

잠시, 조용히 울고 있던 의부님이 눈을 감았다.

"척영아, 오토도 임경에 와 있겠지? 너에게는 사실을 전해두마—— 그 아이의 진짜 이름은 『우호희(宇虎姬)』. 상호의 친딸이다. ……사정이 있는 것인지, 직접 밝히지는 않았다만. 오토의 손을 빌어, 우선 서쪽으로 도망치거라. 마지막으로 충도가 흘린 말을 들어보니, 서씨 가문은 이제 안되겠지만…… 우씨 가문은 건재하다. 너희들을 반드시 도와줄 것이야."

"서쪽, 인가요."

우리는 이제 경양으로 돌아갈 수도 없다.

앞으로 어찌할 것인지 정하지는 않았지만……. 우씨 가문의 지원을 얻을 수 있다면.

"척영! 추적자가 옵니다!!"

"척영 님!"

백령과 시즈카 씨가 나에게 날카로운 경고를 외쳤다.

의부님이 조용히, 결연하게 명하셨다.

"자, 이제 가거라. 병사가 온다."

"윽! 장태람 님!!!!!"

나는 이를 악물고, 그 자리에 두 무릎을 꿇으며 바닥에 머리를 찧었다.

떨리는 목소리로 감사와 구하지 못하는 자신의 무력함을 사죄하려 했다.

"……7년 전…… 거두어주신 은혜…… 평생, 잊지 않습니다…… 그리고."

"……바보놈. 바보 아들놈! 그러한 것 따위, 진작 옛날에 이미 보답을 받았다!"

모두 말하기도 전에, 의부님이 가가대소하셨다.

──너무나도 상냥한 눈동자.

어린 내가 고열로 앓아누웠을 때 하룻밤 내내, 물로 적신 천을 바꿔주신 때의 눈동자다.

온화하게 말씀하신다.

"실현 불가능한 『북벌』의 꿈과 함께, 말이다……. 사실은, 또 한 가지…… 또 한 가지 더 꿈을 꾸었다. 가까운 장래, 너희들이 부부가 되어…… 너는 지방의 문관이 되고. 백령은 불평을 하면서도 언제나 웃고 있는…… 군에서 물러난 나는 언젠가 너희들 사이의 손주를 이 손에 안아보는 것이야. 이보다 더한 행운이 있으랴? 그리되는 미래도 있었다. ……분명히 있었어."

말이 안 나온다. 낼 수가 없다.

입을 열어 버리면…… 절대로 눈물을 참을 수 없다.

의부님이 나를 타일렀다.

"그러나, 이제 이룰 수 없구나. 지금 바라는 것은 내가 살아남지 못한 뒤, 그저, 너희들이 행복하게 살아가는 것뿐이다. 영웅, 영걸이 되지 않아도 좋다. 괜찮아. ──척영아."

"……예."

일어서서 소매로 눈물을 닦았다. 추적자가 돌아다니는 탓인지, 바람이 불꽃을 흔들었다.

──장태람의, 내 아버지의, 엄격하고도 따스한 눈.

표정을 풀고, 피로 더럽혀진 입이 말한 단적인 소원.

"백령을 부탁하마."

"……목숨을"

"목숨을 던지지는 말거라. 목숨은 건지는 것이야. 꿈에서도 잊지 말거라. ……알겠지? 잊지 말거라."

"…………의부님."

눈물을 닦아도, 닦아도 계속 흐른다.

젠장. 젠장. 젠장할.

계속 우는 나에 비해, 의부님은 난처한 표정을 짓고── 한쪽 눈을 감으셨다.

"아아, 그렇지. 마지막으로 한 가지만 백령에게 전언을 부탁하마. 내가 직접 말하기에는, 조금 부끄럽구나."

의부님의 유언을 받아, 지하 감옥을 벗어나 백령과 시즈카 씨 곁으로 돌아왔다.

……서둘러 탈출해야지.

계단을 경계하고 있던 백령이, 파란 두 눈을 부릅떴다.

"척영! 아버님은?!"

"의부님은…….

"백령아, 척영아, 가거라아아!!!!!!!!!!!!!!!!!!!"

"""!"""

어디에 그런 힘이 남아 있는지.

죽음의 문턱에 선 장태람의 포효는, 지하 감옥은커녕 어둠 속에 가라앉은 『임경』마저도 뒤흔들었다.

시즈카 씨가 돌아보고, 날카롭게 주의 환기를 해주었다.

"척영 님! 백령 아가씨! 추적자입니다. ……소리를 봐서 50명 전후!"

"……알았어요."

내가 응답하고, 옆에서 굳어 있는 백령의 손을 잡았다.

"척, 영……? 정말로…… 두고 가는 건가요?"

보석 같은 두 눈에서 커다란 눈물방울이 흘러 떨어졌다.

왼손으로 은발의 미소녀를 끌어안고, 귓가에 고했다.

"미안…… 미안하다. 원망할 거면 나를 원망해. ……간다!"

종장

"척영! 백령!"
"척영 님! 백령 씨!"

지하 통로를 빠져나와 밖으로 뛰쳐나오자, 입구 근처에서 의논을 하고 있던 유리와 명령이 달려왔다.

하늘은 이미 밝아 있었다.

눈물이 말라버린 백령을 반쯤 들고서 온 탓인지, 지독한 피로를 느낀 나는 한심하게도 주저앉았다. 시종 최후미를 맡아준 시즈카 씨는 땀 한 방울 안 흘렸다.

"……야아, 유리, 명령."
"…………."
"상처는 없는, 모양이네."
"무, 물을 가져올게요!"

우리의 모습과 의부님이 없는 것을 보고, 무슨 일이 있었는지 어느 정도 짐작했으리라. 두 사람이 신경을 써준다.

……고마운 일이다.

"…………."

백령도 내 옆에서 땅바닥에 앉아, 어두운 표정을 짓고 있을 뿐이다.

……하다못해, 나를 탓하면 좋을 것을.

암담한 마음을 품고 있는데, 유리가 시즈카 씨에게 냉정하게 상황을 확인했다.

"시즈카, 추적자들 상황은?"

"중간에 몇 번인가 따돌렸습니다. 여기까지 쫓아올지는 알 수 없어요."

"알았어—— 오토, 예정대로야. 화약으로 출구를 날려버려."

"네!"

대기하고 있던 짧은 흑발 소녀가 씩씩하게, 우리가 지나온 지하 통로에 작은 통을 가져갔다. 책략을 잘 세워뒀군.

나중에 오토——【호아】의 딸, 우호희하고도 이야기를 해야지.

『서역』. 우씨 가문이 지키는 땅으로 가는 것에 대해.

지시를 다 내리고, 유리가 가까이 다가왔다.

"두 사람, 얼굴이 지독해. 사기가 떨어져."

"그렇, 겠지."

"…………."

웃으려고 노력은 하고 있는데…… 할 수 있을지 모르겠다.

그러자, 유리가 쪼그려 앉아——.

"백령."

"유리 씨……?"

고개 숙인 은발 소녀를 끌어안았다.

흐트러진 머리칼을 손으로 빗겨주면서, 상냥하게 달랬다.

"괜찮아, 당신과 척영 탓이 아냐. ……절대로 당신들 탓이 아냐."

"──……우우우우우우우우우우우우우!!!!!!!!!!!!!!!!!!!!"

백령의 창안에서 눈물이 흘러넘쳐 떨어졌다.

나는 유리에게 눈으로 진심 어린 감사를 표하고, 무거운 몸을 일으켰다.

다음에 일어날 사태를 이제 이해하고 있을 고참병과 짧은 말을 나누면서, 언덕의 정상으로 가서── 옅은 아침 안개에 가라앉은 『임경』을 한눈에 보았다.

황궁에서 검은 연기가 오르는 것은, 어젯밤의 화재 탓이겠지.

몇 개월 전에 본 광경과 다른 것은…… 황궁 앞에 거대한 목제 단이 설치되어 있다는 것이다.

──【장호국】의 처형장.

저런 것까지 만들 만큼, 황제와 임충도는 의부님이 두려운 건가.

내가 감정을 억누르고 있는데, 조심조심 소매를 당기는 자가 있었다.

"척영 님…… 저기."

"명령."

돌아보고, 수통을 가져다준 밤색 머리칼의 소녀에게 한쪽 무릎을 짚었다.

"! 처, 척영 님?! 어, 어쩐 일이신가요?!!!"

명령이 놀라는 걸 무시하고, 나는 만감의 마음을 담아 내뱉었다.

"……고맙다. 너랑 시즈카 씨 덕분에, 마지막으로 한 번, 의부 님을…… 만날 수 있었어. 감사한다. 이 은혜는 반드시 갚을게. 네가 잊어도 반드시……."

"…………척영 님."

양손을 부드럽게 쥐었다.

눈앞에는 만났을 당초와 변함이 없는 연상 소녀의 미소.

"그런 식으로 생각하지 마세요! 잊으셨나요? 처음에 도움을 받 은 건 저와 시즈카입니다. 지금은 그 이자를 갚았을 뿐이죠."

나는 눈을 깜박이고, 명령이 건넨 수통의 절반을 들이켰다.

참으로 감탄했다.

"명령…… 너는, 정말로 멋진 여자야."

"우우음~! 이제 와서, 깨달으신 건가요?! 그렇답니다. 저는 척 영 님의 처에 걸맞은 멋진 여자──."

"잠깐 비키세요."

"꺄앙."

갑자기, 백령이 명령을 밀어내고 나에게 다가왔다.

후방에 선 유리의 눈동자는──『진실을 전해줘.』

군사 나리는 당해낼 수가 없군.

수통을 빼앗아 벌컥 들이키고, 은발 소녀는 험악한 표정으로 입을 열었다.

"척영, 당신은 지하 감옥에서 어째서, 아버님을──."

"백령, 의부님의 전언이다."

나는 틈을 주지 않고, 내가 평생에 걸쳐 지켜야 하는 소녀의 머

리를 끌어안고, 귓가에 유언을 속삭였다.

『그저 행복하거라, 그저 건강하거라, 그저 다들 잘 지내거라.』

봄치고는 차가운 바람이 불고, 아름다운 은발이 나부꼈다.

백령은 멍해지더니 눈동자에 눈물이 넘치며 내 가슴을 주먹으로 때렸다.

"…………**치사해…………치사해! 나도, 나도── 아버님, 아버님, 아버니이이이이이이임!!!!!!!!!!!!!!!!!!!!!!!!"**

통곡하는 소녀의 등에 손을 두르자── 언덕을 햇빛이 비추었다.

일출의 때가 오고 말았다.

오토의 부하들이 지하 통로를 화약으로 파괴했는지, 땅이 울렸다.

검은 고양이를 왼쪽 어깨에 올린 유리가 쓸쓸한 기색으로 독백했다.

"아아──…… 드디어 와버리는구나. 대하 이남에서 거짓된 영화를 쌓아 올린 영 제국, 그 끝의 시작이."

*

"일출이다. 대죄인── 장태람을 끌어내라."

지하 감옥의 자물쇠가 열리고, 몇 명의 간수가 안으로 들어왔다.

사슬을 풀고 양옆에서 몸을 끌어올리자, 고작 그것만으로 온몸에 격통이 흘렀다.

"으극……."

"흥. 조금 너무 망가뜨렸나."

"구국의 영웅이라도, 맥이 없구만."

"영웅에서 죄인이라……."

"장태람, 지금부터 너는 죽는데, 어떤 기분이지?"

숫제 끌면서 나를 지상으로 옮기며, 간수들이 조소했다.

이 자들은 전혀 이해를 못 하는구나.

──【현】과 【영】이라는 나라 사이의 교섭에서, 내 죽음이 어떤 의미를 가지는지.

아마도, 【백귀】는 내가 이리 죽는 것을 용납하지 않으리라.

"큭큭큭……."

몸은 이미 거의 움직이지 않고, 앞으로 조금이면 죽을 상황에 이르러, 드디어 전장을 읽는 안력을 얻을 줄이야!

이것은 참으로…… 사람이란 참으로 재미있는 것이야!!

"기, 기분 나쁘게 웃지 마라!"

간수가 떨면서 나를 후려쳤다. 그러나, 웃음은 멈출 수가 없구나.

지상에 나오자, 황궁 앞의 처형대까지 걷게 되었다.

무겁고 고통스러운 몸을 억지로 움직여보지만, 한계 따위 진작 옛날에 넘어서고 있었다.

몇 번이나 쓰러져, 그때마다 간수들의 채찍질이 날아왔다.

"자, 퍼지지 마! 올라가라!!"

내 사형을 보러 온 임경 주민들에게서 비명이 오르는 가운데, 한 단 또 한 단, 스스로 처형대에 올랐다.

──어느 정도, 시간이 걸린 것일까.

깨달았을 때는 정상 부분에 구속되어 있었다.

가까이에는 처형인 둘과 권력을 쥐고 점점 더 살이 오른 추악한 남자. 호화로운 복장이지만, 전혀 어울리지 않는군.

잘난 척하는 남자가, 모여든 대군중 앞에서 소리를 높였다.

"영 제국 **재상**, 임충도이다! 이번 일은 국가를 뒤흔드는 커다란 일이기에, 내가 직접 집행한다!"

사람들의 술렁임.

그것이 『긍정』인지 『부정』인지는 모른다. 이제는 아무래도 좋은 일이다.

나는 흐려지는 눈을 부릅뜨고, 사람들을 관찰했다.

"죄상을 읊는다! 『장태람! 그대는 경양을 수호하는 몸이면서, 황제 폐하께 반란을 꾸미고, 그뿐만 아니라 서방의 서씨 가문 및 남방의 우씨 가문과 결탁하여, 임경을 치고자 한 것, 참으로 용서할 수 없음이니! 따라서, 사형을 언도하노라!!!!!』

……반란, 반란이라.

경양의 백성과 척영과 백령을 생각하면, 위평안처럼 아다이에게 항복하는 것이 최선이었을지도 모른다. 뭐, 그 사내는 싸우지 않는 자에 대해서는 이상할 정도로 엄격하다만.

그래. 마치 【황영】을 『노도』 땅에서 잃은 뒤의 【왕영】과도 같다.

군중 속에서 갑자기, 탄핵의 목소리가 올랐다.

"말도 안 된다! 장 장군은, 현의 대군과 서동의 대군에게서 훌륭하게 『경양』을── 【영】을 지켜냈을 뿐이지 않은가! 어떤 증거가 있다는 건가!!!!!"

설마하니, 이 땅에서, 이 국면에서, 나를 옹호하는 자가 있을 줄이야!

사람은 참으로, 재미 있는 것이야.

충도가 얼굴이 새빨개져서, 마주 외쳤다.

"시, 시끄럽다! 위병, 얼른 쫓아내라! ──……그랬을, 지도 모른다."

그 순간, 군중 전체에 잔파도가 일어났다. 일부가 위병과 부딪히며 황제 폐하를 탓했다.

『그랬을지도 모른다』로 살해되는 장수.

오오! 천하무쌍의 황영봉과 같지 않은가!!

후후, 유쾌한 일이다.

생각지 못한 사실에 유쾌함을 느끼고 있는데, 충도가 살찐 얼굴로 다가왔다.

"자, 장태람이여. 그대는 지금, 여기서── 이제 곧 죽게 되는데, 뭔가 할 말을 해두겠느냐? 응? 자비를 베풀어, 한 마디만 용서해주마."

"……감사할 따름이군. 그러면, 한마디만 하지."

상반신을 일으키고, 서방의 언덕을 바라보았다. 척영…… 모두를, 백령을 부탁하마.

숨을 들이쉬고,

"하늘은 모든 것을 알고 있다!!!!!"

【영】전체에, 사랑하는 아들과 딸에게 전해지도록, 온 힘을 담아서 외쳤다.

곧장 처형인들이 나를 붙잡았다. 충도가 이를 갈았다.

"이, 이놈! 마지막의 마지막까지!! ──죽여라."

하늘이 먹구름에 휩싸인 것처럼 어두워졌다.

칼을 휘두르는 소리가 들리고, 동시에 황궁에 벼락이 떨어져 부서지는 굉음.

흠. 내 인생은 역시 그리 나쁘지 않았던 것일지도 모른다.

수봉, 상호, 례엄, 문상 나리. 지금 가니── 좋은 술과 만찬을 준비하고 잠시만 기다리시게.

나는, 사랑스러운 딸과 아들의 이야기를 들려 드리리!

＊

"이상의 조건으로, 우리나라와 귀국의 화의를 청하겠사옵니다, 아다이 황제 폐하."

"…………."

옥좌에 앉은 긴 백발의 언뜻 여아처럼 보이는 마인의 왕이 입을 다물고, 말을 하지 않는다.

땅에 엎드린 나── 영 제국 재상이자, 【현】과의 강화를 일임받은 임충도의 볼에 식은땀이 흘렀다. 젠장. 어서 대답을 하라.

그러나, 경양 북방에 일부러 만든 회담 장소에 있는 영 나라 사람은 나와, 7년 전에 항복했다는 남자 한 명뿐. 다른 자들은 당장이라도 사람을 잡아먹는 짐승들뿐이다. 살아 있는 기분이 전혀 안 드는군.

……전조 말처럼, 황북작에게 떠넘겨야 했을까.

아니, 놈에게 공적을 너무 주는 것은 안 좋다. 아아, 하다못해 회담 장소가 경양이었다면. 뭐가 『죽은 장태람에 대한 경의』더냐. 장난하는 것인가.

내가 내심 소문 그대로의 소녀 같은 용모였던 만족의 황제를 힐끔거리는데, 서한을 넘기던 하얗고 가는 손이 멎었다.

"음? 하쇼."

"예, 옛!"

늘어선 적장들 사이에서, 옅은 갈색 머리에 실눈인 어린 남자가 뛰쳐나와 옥좌 옆에 섰다.

아다이가 서한을 남자에게 건넸다.

"강화안의 내용 말이다만…… 한 가지, 빠진 것이 있지 않느냐?"

"확인하겠사옵니다. 흐으음…… 어허?"

노골적일 정도로 놀라는 연기를 한 뒤, 하쇼는 나를 일별했다.

실눈 안쪽에 한순간 얼음 같은 차가움이 보여, 몸이 떨렸다.

……저것은, 양문상이 나를 보던 모멸과 같다.

"폐하. 이 강화안에는, 사전 단계에 존재했던 조항이 빠져 있사옵니다."

"그래, 역시 그러한고."

"무슨?!"

나는 고개를 들고, 백발의 마인을 응시했다.

……조항이 빠져, 있다고?

아다이가 팔꿈치를 괴었다.

"사자 나리, 이것은 어찌 된 것이지? 귀국은 나를 모함하려는가?"

"다, 다, 당치도, 않사옵니다! 매, 매, 맹세코 그러한…….."

"허면."

커다란 소리는 아니었다.

그러나── 늘어선 적장들 사이에 긴장이 흐르고, 내 몸이 부들부들 떨리기 시작했다.

괴물이 손가락으로 팔걸이를 두드렸다.

"허면 어찌──『**장태람을【현】의 원수**(元帥)**로 한다**』라는 조항이 빠져 있는가? 이는 도무지 불가해하군. 그쪽의 위제 나리는 뭔가 착각을 하고 있는 모양이야."

자, 장태람을 현의 원수로, 삼는단 말인가! 이, 이 마인의 황제는 무슨 말을 하는 것인가? 네놈들에게, 장태람은 원수(怨讎)가 아니었는가! 전장에서 치지 못한 자를 내가 기껏 제거해줬거늘……어, 어째서, 어, 어찌, 그러한 차가운 눈동자로 나를 보는 것이냐?!

이상하다. 이상하다. 이상하다! 나는 영 제국의 재상이거늘?

양문상도 장태람도 죽었단 말이다!

이제는 마인 놈들과 화약을 맺고 결판, 그렇지 않으면…… 이치에 맞지 않는 것이 아닌가!

전조의 말을 떠올렸다. 장태람을 죽이는 것은 그만두는 것이 좋을 것이라고.

이가 딱딱 부딪히는 것을 필사적으로 견디고, 호소했다.

"윽?! 화, 화, 황송하오나…… 그, 그러한 조항은, 없었──."

"사자 나리."

"힉."

조용한 아다이의 부름을 듣고, 비명이 멋대로 나와, 나는 뒤로 물러났다.

……두렵다. 이, 이놈은…… 이놈은 인간이 아니야.

장태람은, 이러한 괴물을 오래도록 상대해온 것이더냐?!

아다이는 아주 가벼운 어조로 고했다.

"말을 조심하는 편이 좋아. 마치, 내가 귀국을 속인 것처럼 들리지 않는가? 어쨌거나, 장태람을 『연경』으로 보내 달란 부탁을 하지. 그때까지 화평은 없음이야."

"?!!!!"

이 녀석은 대체 지금, 무슨 말을 한 것이지?

장태람을 『연경』으로 보내지 않으면, 계속 싸우겠, 다고?

그런…… 그런 말도 안 되는 일을!

그러잖아도, 남방에서는 **서씨 가문이 날뛰며**, 서방의 우씨 가문도 준동하고 있음인데.

아, 아니, 그 전에, 나는 어디서 어떻게━.

어조와 달리, 눈동자는 일절 웃지 않는 아다이가 손을 천천히 흔들었다.

"어허? 무슨 일인가?? 그리도 창백해지다니. ……아아, 그렇군. 1개월도 전에 죽여버린 자를 되살리는 일 따위, 할 수 있을 리 없겠지. 후후후…… 이거야 참으로, 위제와 귀공에게는 감사하고 있어. 누가 뭐래도 우리를 위해서."

도망쳐야 한다. 안 그러면, 나는 죽는다. 살해당한다.

그러나, 몸이 전혀 움직이지 않는다.

아다이가 차가운 분노를 드러냈다.

"지난 천 년 동안 유일하게 【황영】의 옷자락에나마 닿은 구국의 명장을 죽여주었으니 말이야. ……누가, 그런 일을 하라고 명했지? 나는 장태람을 죽일 생각 따위 터럭만큼도 없었음이야? 추악한 우물(愚物) 따위가 내 심정을 헤아렸다고 생각했느냐?"

"기, 기다려 주십, 끄악."

변명할 틈조차 없이, 건장한 적병에게 구속을 당했다.

옥좌에서 아다이가 유유히 일어서니, 적장들이 일제히 한쪽 무릎을 꿇었다.

나에게는 악몽 같은 선고가 들렸다.

"우물에겐 이제 용건이 없다. 장차, 장태람을 업신여기는 저열

한 자들도 늘어날 것이야. 태람이 받았을 고문을 최소한 백 번은 반복하라. 죽이지 말고. 그리고 군의 소모를 회복한 뒤, 【영】으로 침공을 재개할 것이다. 그때까지 병마를 보살피거라.”

『……예! 위대한 【천랑】의 천자, 아다이 황제 폐하!!』

*

그날 밤.

나── 현 제국 황제 아다이 다다는 본영의 천막 안에서, 옥좌에 앉아 사고에 잠겨 있었다.

평소에는 기센 내지는 【백랑】을 호위로 두었겠지만, 오늘 밤은 혼자다.

다른 자들도 주변에서 물려두었다.

──이미 천하의 통일은 사실상 이루어졌다.

영의 명장, 용장, 맹장, 재상, 노장은 죽고, 이제 남은 것은, 낮에 어울리는 지하 감옥으로 보낸 우물뿐이다.

당초 영 내부에서 반란을 유발시켜, 국력을 깎아낸 뒤 재침공을 할 예정이었다만, 딱히 문제는──.

“…………젠장.”

나는 팔걸이에 작은 주먹을 내리쳤다. 아니다.

물론, 억지로 침공을 해도 통일은 이룰 수 있으리라.

장태람과 양문상이 죽은 지금, 내 군을 막을 수 있는 자는 그 나라에 없다.

그러나, 괜한 희생은 늘어난다.

그러한 어리석은 책략은, 나의──【왕영】의 책략이 아님이니!!!!!

"어째서냐."

그러한 꼴사나운 일이 일어난 것은, 오로지 한 명…… 이 세상에 내가 유일하게 신경 쓰는 자가, 그 나라에 있다는 것을 알았기 때문이다.

"어째서냐!"

경양의 결전.

장태람, 재앙을 부른다는 은발창안의 소녀와 함께 내 대군을 돌파하여, 본영에 닥친【흑성】을 휘두르는 흑발의 젊은 용장.

탁상의 모든 것을 손으로 쓸어버렸다.

"어째서냐!!!! 영봉!!!!!"

눈이 마주친 것은 찰나였다.

난전에 이은 난전이었고, 영봉은 깨닫지 못했을지도 모른다.

【천검】을 휘두른다는 장씨 가문의 아들과 딸을, 전후에 등용할 심산도 있었다.

……그러나, 장태람이 횡사에 이른 지금, 이룰 수 없으리라.

재회의 때는 이 작은 손에서 굴러떨어져 버리고 말았다.

나는 양손으로 얼굴을 감쌌다.

"……어째서, 네가 나에게 칼날을 겨누는 것이냐? 어째서, 【백성】을 장씨 가문의 여자 따위에게……."

【쌍성의 천검】을 휘두를 수 있는 것은 천하에서 황영봉뿐이다.

그렇지 않으면 안 된다. 안 되는 게야.

전생에서 내가 다루지 못한 것을, 그러한──…….

"그렇구나."

나는 손을 떼고, 옥좌에서 일어섰다. 그랬었더냐.

천막을 나서, 높은 밤하늘을 보았다.

──북천에 빛나는 선명한 【쌍성】.

손을 뻗어, 나는 확신했다.

"그 여자로구나? 이번 생의 너를 흔들어 놓은 것은. ……허면."

내가 할 일은 정해져있다.

조용한 결의와 함께 주먹을 움켜쥐고, 나는 심장에 대었다.

후기

4개월만에 인사입니다. 나나노 리쿠입니다.

이번 권에서 제1부 완결이 됩니다.

위험했어요. 정말로(이하 생략).

……요즘 원고 마감을 할 때마다, 모래가 되는 것 같습니다. 조심해야죠!

내용에 대해서.

본작 전체의 구성을 생각했던 당초부터 「3권에서 이렇게 한다!」라고 정해두었습니다.

윗선의 부조리로, 아래가 막대한 피해를 입는다.

인류사를 돌아보면, 같은 사례가 얼마든지 굴러다닙니다.

그리고, 그것은 기나긴 중화사에서도 마찬가지.

명장, 명신이면서도 지위를 유지한 채, 천수를 다한 인물이 많지는 않다고 생각합니다.

초 나라의 『패왕』 항우의 최후는 『사면초가』.

전한의 『국사무쌍』 한신도 영달의 끝에서, 처형 당합니다.

살아남는 건 어려워요.

또한, 이번 권으로 여러분도 느끼셨을 겁니다──.

『윗선이 조금만 더 멀쩡했다면!』.

제2부는 그 점을 고려하여, 열심히 쓰려고 합니다.

서방에서의 반격을 기대해 주세요.

선전입니다!

『공녀 전하의 가정교사』최신 14권 발매중입니다.

15권도 올여름에 발매예정이니, 부디 이쪽도.

신세를 진 분들께 감사 인사입니다.

담당 편집자님, 이번 권도 수고하셨습니다. 3권, 재미있어졌다고 생각합니다.

cura 선생님, 이번 권도 참 감사합니다. 커버의 척영 군과 아다이 군, 완벽합니다. 멋지다!

여기까지 읽어주신 모든 독자님에게도 한껏 감사를 바칩니다.

또 만날 것을 기대하고 있습니다. 다음 권,『잠깐의 평온과』.

나나노 리쿠

SOSEI NO TENKENTSUKAI Vol.3
©Riku Nanano, cura 2023
First published in Japan in 2023 by KADOKAWA CORPORATION, Tokyo.
Korean translation rights arranged with KADOKAWA CORPORATION, Tokyo.

쌍성의 천검사 3

2024년 6월 15일 1판 1쇄 발행

저 자	나나노 리쿠
일 러 스 트	cura
옮 긴 이	박경용
발 행 인	유재옥
이 사	조병권
출 판 본 부 장	박광운
담 당 편 집	정영길
편 집 1 팀	박광운 최서영
편 집 2 팀	정영길 조찬희 박치우 정지원
편 집 3 팀	오준영 이소의 권진영
디 자 인 랩 팀	김보라 박민솔
디지털사업팀	박상섭 김지연 윤희진
라이츠사업팀	김정미 맹미영 이윤서
영업마케팅팀	최원석 박수진 이다은
물 류 팀	허석용 백철기
경 영 지 원 팀	최정연
인 쇄 제 작 처	㈜코리아피엔피
발 행 처	㈜소미미디어
등 록	제2015-000008호
주 소	서울시 마포구 토정로222, 403호 (신수동, 한국출판콘텐츠센터)
판매 및 마케팅	(070) 8822-2301

ISBN 979-11-384-2749-4 (04830)
ISBN 979-11-384-2032-7